# ふたりの恋人



角川文庫
24453

# 目次

## プロローグ

その車は、大邸宅を取り囲む高い塀の外に止まっていた。

赤――燃えるような色のスポーツカー。ポルシェ928だ。夜の暗がりの中でも、その美しい車体は浮き立って見える。

その座席で、ふたりはキスしていた。

「――もう行かなきゃ」

唇が離れると、若者の方が言った。

「もう？」

娘の方は不満気である。

「まだ九時じゃないの」

「十時までにもどらないとうるさいんだ」

と若者は言って、

「なにしろぼくは電車で帰るんだからね。ポルシェに乗るわけじゃない」

と笑った。

「送って行くわよ」

と娘はハンドルに手を置いた。

「いや、いいよ。こんなすごい車で乗り付けたら、下宿の連中、目を回すさ」

「分かったわ」

娘はあきらめた、というように息をついて、

「じゃ、今度はいつ会える?」

「そうだなあ……。今週いっぱいはアルバイトで忙しいし……。来週の土曜なら」

「十日もあるじゃないの」

「仕方ないさ。アルバイトを休んだら即座にクビだもの」

「やめちゃいなさいよ」

「そんなわけには行かないよ。じゃ、来週の金曜日の晩に電話するからね」

と若者はドアを開けて出ようとした。

「待って!」

娘は相手の腕をつかんで引きもどすと、

「十日も会えないのなら、もう一度……」

と唇を寄せて行った。

娘の名は関口麗子《せきぐちれいこ》。父親は四つの企業の社長を兼ねている関口石文《いしぶみ》だ。——ひとり娘の麗子が、どんなにわがまま勝手に育っているかは、十八歳の誕生日のプレゼントが、このポルシェだということでも分かる。

相手の若者は、麗子の身なりに比べると、だいぶくたびれたツイードの上着、下は丸えりのスポーツシャツという、いささかみすぼらしい格好だ。——名を水田信一《みずたしんいち》と言った。

「じゃ、行くよ」

信一が外へ出ると、

「待って」

と麗子がもう一度呼び止めた。

「なんだい？」

とのぞき込むと、麗子がハンドバッグから無造作に一万円札を数枚つかみ出した。

「これ、持って行って」

と信一の方に差し出す。

「おい、それはやめてくれよ」

と信一は首を振った。

「なんだかきみにたかってるみたいじゃないか、それじゃ」

「いいじゃないの、そんなこと」

「そうは行かないよ。ぼくだってちゃんと働いてるんだからね」

「私のためにあげるのよ」

「え？」

「もっと上等な服を着てちょうだい。一緒に歩いてもずっと気が楽だもの」

信一は自分のくたびれた服と靴を見下ろして頭をかいた。

「分かったよ」

と肩をすくめて、金を受け取ると、

「必ず返すからね」

「ほかのもので返してちょうだい」

と麗子は言ってウインクしてみせると、エンジンをかけた。低くうなって、ポルシェが身震いする。

「じゃ、電話待ってるわよ」

「ああ。おやすみ」

信一はドアを閉めた。麗子は信一にほほえみかけて、それからポルシェをスタートさせた。

信一は、赤いポルシェの尾灯が高い塀の角を曲がって見えなくなるまで見送って、それからニヤリと笑った。

さっきポケットへねじ込んだ一万円札を取り出して一枚ずつ、ていねいにしわをのばして重ねる。四枚あった。

財布へ金をしまい込むと、信一は腕時計を見た。

「もう九時十分か……」

信一は、夜の道を急いで歩き出した。

新宿《しんじゆく》駅に着いたのは、九時四十分だった。西口を出て、地下広場からまっすぐに中央公園へ向かう。

超高層ビルの谷間を歩いて行くせいか、風が強く吹きつけて来る。——たぶん中央公園へ行くらしいカップルを何組か追い越し、公園へはいる歩道橋を駆け上って、やっと少し足をゆるめた。

「九時五十分か……」

と腕時計を見て、

「このくらい待たせてちょうどいいんだ」

とひとり言を言った。そして悠々とした足取りで公園へとはいって行った。

日比谷《ひびや》公園と並んで、ここもカップルの名所である。この時間ともなると、ベンチはどれもカップルで満席の状態。

信一は、肩を寄せ合ったり、抱き合ったりしているカップルたちの間を抜けて歩いて行った。——こんな場所にひとりでいることくらいさまにならない光景もあるまい。

いつものベンチのあたりへ来て、見回していると、背後に小走りの足音がした。

「信一さん」

相川広美《あいかわひろみ》が立っている。

「待たせちまって、悪かったね」

「ううん、いいのよ」

「立って待ってたのかい？」

「いいえ。でも、この辺、混んでるもんだから、あっちの方にすわってたの」

相川広美は関口麗子の正反対といってもいいような娘だった。麗子の、華やかな、人目をひく個性に比べると、全く地味で、目立たない。紺のスカートに白のブラウス、黒いセーターという、まるで白黒写真のようないでたちだった。

ふたりはベンチの所まで来た。

「あら、もうほかの人が……」

「まあいいさ」

信一は広美を促《うなが》して、木の間を抜けて、芝生へ腰を下ろした。

「お店の方はどうだい？」

「ええ、なんとかやってるけど……」

と広美は言葉をにごした。

「あまり楽しくなさそうだね」

「私、ぶきっちょでしょう。よくお皿や茶碗《ちゃわん》を落とすのよね。それで怒られてばっかりよ」

「聞き流しとけばいいのさ」

「ええ、叱られるのは平気。ただね、こわした分のお皿や茶碗の代金をお給料から引かれるの」

「そりゃひどいな！」

「仕方ないわ。いやなら辞《や》めろ、ですもの、向こうは」

「ちっとも給料なんかよくないくせに」

「でもほかの働き口を探すのは大変だもの。我慢しているわ。早くお皿を割らないように練習して……」

「大変だなあ、きみも」

「そうね……でも、きっとそのうちいいこともあるわ」

広美はほほえんだ。芝生の暗がりの中でも、その笑顔の輝きは分かった。

「そうだとも。いいことがあるよ」

そう言いながら、信一は広美を抱き寄せてキスした。広美が彼の腕の中で小さく震えた。

「いいことがあったわ。――いまね」

と広美は言った。信一はポケットから財布を出し、一万円札を一枚抜いた。

「さあ、これ。暮らしの足しにしてくれよ」

「悪いわ、いつも……」

「そんなに気にしなくたっていいよ。ちゃんと稼いだ金なんだからな」

「だから気になるのよ」

そう言いながら、広美は結局信一の手から一万円札を受け取って、ハンドバッグへしまった。

「いつもごめんなさい」

「いいさ、もう忘れろよ」

「アルバイト、忙しいの？」

「うん……。あまり休みが取れないんだ。もっと会えるといいんだけどね」

「無理しないで」

「きみ、今夜は……急ぐの？」

広美はちょっと信一の目から視線をそらして、

「いいえ、べつに」

とかすかな、囁《ささや》くような声で言った。

「ぼくのアパートへ来るかい？」

信一の言葉に、広美はしばらく顔を伏せたまま答えなかった。それからゆっくり顔を上げてうなずいた。

「行くわ」

信一は広美の手を取って立ち上がった。西口の方へ、歩道橋をもどって行くと、まだこれからやって来るカップルが何組もすれ違って行った。

さっきより一段と風が強くなったように思えた。

## 1　旧友

「なんだ、珍しいじゃないか！」

ドアを開けてみて、信一は思わず声を上げた。目の前に立っているのは、きちんと背広上下を着込んで、白いワイシャツにネクタイというスタイルの若者だった。Tシャツにジーパン姿の信一とは、いい対照である。

「まあ、上がれよ」

信一は言った。

「半年ぶりかなあ。——すわれよ、コーヒーでもいれるから」

「いいんだ。気にしないでくれ。仕事の途中だから、そうゆっくりしちゃいられないんだよ」

「いいじゃないか、少しぐらい」

信一は台所のガステーブルへやかんをかけてから、

「いや、見違えたぜ、全く」

と相手の格好をジロジロ眺めた。

「よせよ。この前もこの背広で来たぜ」

「でも、前のときはまだ身についてなかった。しかしいまはどこから見ても、りっぱなサラリーマンだぜ」

「喜んでいいか、悲しんでいいか迷うね」

「なあ柏木《かしわぎ》、まだ同じ会社にいるのか?」

「そりゃそうさ」

柏木忠男《ただお》はタバコに火をつけながら、

「勤め先なんて、そうそう変えるもんじゃないよ」

「そうかなあ。おれは同じ所で三カ月バイトしてるとウンザリして来る」

「それはだれだってそうさ。もういやになって、辞《や》めたいと思う。そのとき、我慢するか、辞めちまうかで分かれるんだ」

「我慢するのはきらいなたちでね」

信一は冗談めかして言った。

ふたりは、高校のころから、ほかの友人たちがだれしも首をかしげるほど、奇妙な取合せの友人同士だった。柏木忠男は高校を出たあと、家の都合で大学へ進まず、就職した。信一の方は親戚《しんせき》のコネで大学へはいり、以後は、いったいいつ大学へ行っているのかと思うほど、のんびりと遊び暮らしている。

生来、生真面目《きまじめ》な忠男と、できる限り苦労せずに生きて行くのが一番と信じている信一と……。似ても似つかぬ同士ながら、不思議に付き合いは続いている。

「いま、何をやっているんだ？」

と忠男は訊《き》いた。信一は肩をすくめて、

「何もやっていない」

「いつかレコード屋にいたじゃないか」

「ああ、三カ月も前だ。あのあと、ふたつバイト先を変わったけど、つまらなくなってな」

「あきれたやつだな！」

忠男は苦笑いして言った。

「大学には行ってるのかい？」

「ときには行くさ。掲示板を見にね」

「やれやれ……。しかし、ずいぶん部屋が小ぎれいになったじゃないか」

と部屋の中を見回した。

「ステレオも新品だろう？　けっこう景気がいいんだな。――家から送ってもらってるのか？」

「いいや、送金だけじゃ、部屋代と食費で消えちまうよ」

「それじゃ宝くじでも当てたのか？」

と忠男が真面目な顔で訊くと、信一は笑って、

「よせやい！　――ちゃんとこづかいをくれる相手がいるのさ」

忠男はちょっと目をパチクリさせていたが、

「女か？」

と信じられないような顔で言った。

「そうさ」

信一はアッサリ認めた。

「じゃ、何かい？　どこかの有閑マダムの……」

「おい、そんなに趣味は悪くないぜ」

湯の沸く音がして、信一は立ち上がった。

「たまたま付き合った女の子が大金持ちの娘でな。十八歳の誕生日にもらったポルシェを乗り回してるやつなんだ」

信一はインスタントコーヒーをいれると、

「――ま、うまいこと付き合ってると、ちょくちょく金をくれるってわけでね」

とカップを忠男の前へ置いて、ニヤリとした。忠男は首を振って、

「あきれたな、おまえにも！」

「どうして？　なあに、どうせそういつまでも続きやしないよ。――向こうにしてみりゃ、少々の金、どうってことないんだからな」

コーヒーをひと口飲むと、忠男はふと思い付いたように、

「いま、このアパートにはいって来るとき、すれ違った女の子がいたが……。あの子じゃないんだろう？」

「冗談じゃないぜ。あんなみすぼらしいやつ――」

と言いかけて口をつぐむ。忠男は探るように信一を見ながら、

「ということは、やはりここへ来てたんだな？　そうだろう？」

「そうだよ。あれは別口の恋人でね」

「――泊まって行ったのか？」

「ああ。――月に三、四回、泊まりに来るんだ」

「おまえが泊まらせるんだろう？」

「人聞きが悪いなあ」

と信一は苦笑して、

「あれはかわいそうなやつでね。病気の母親をかかえて苦労してるんだ。だから、例の金持ち娘からもらったこづかいを少し回してやってね。ま、その代わり、というわけでもないが……」

「金を払って寝てるのか？　ひどいことをするなよ」

「べつに向こうだって、いやいや来てるわけじゃないんだ。本当だぜ」

忠男はため息をついて、

「まあ、それはともかく、そんなことをいつまでも続けていたら、ろくなことはないぜ。悪いことは言わないから、やめとけよ。――ちゃんとしたバイト先を見付けて働

け。それが一番だと思うがな」

「それはおまえ向きの生き方さ。心配するなよ」

信一はポンと忠男の肩を叩《たた》いた。

「別れるときは、ちゃんとあとくされなく別れるさ。その点はうまいもんだ。大丈夫だよ」

忠男は黙って首を振った。

「——じゃ、もうおれは行くぜ」

と立ち上がる。

「なんだ、もっとゆっくりして行けばいいのに」

「仕事中だからな。そうも行かない」

「そうか。——働きすぎて倒れるなよ」

信一は皮肉っぽく言った。

柏木忠男は、信一のアパートを出ると、信一の部屋の窓を見上げた。——すぐに信一が顔を出し、

「また来いよ!」

と声をかけて手を振る。忠男もそれに応《こた》えて手を振って、歩き出した。

昔と同じだ。——歩きながら、忠男は思った。高校に通っていたころも、ああだった。

電車で通学していたのだが、帰りは、忠男が先に電車を降りる。階段の所まで歩いて行く間に、発車した電車が忠男を追い越して行くのだが、その窓から、いつも信一が手を振っていた。

それは毎日の儀式のようなもので、欠かすことのできない習慣にさえなっていたのだ……。あいつは、あのころのままだ。少しも変わっていない。

忠男の気持ちは重かった。——信一という男は、けっして悪いやつではない。ただ、働くことがきらいで、自分勝手なのだ。自分を中心に世界が回っていると思っている。信一にとっては、その金持ちの娘が金をくれるのも、貧しい娘がアパートへ泊まって行くのも、何も負担にはならない。当たり前のこと、ぐらいにしか思っていないのである。

忠男は信一が好きだった。性格やくせのひとつひとつが、たまらなくいやに思えても、ひとりの人間としての信一には、憎めない魅力があった……。

忠男は重苦しい足取りで歩いていたが、公衆電話のボックスを見付けると、中へはいり、電話をかけた。

「もしもし。——あ、課長ですか、柏木です」

「どうした？　例の友人には会えたのか？」

忠男は一瞬ためらってから、

「それが……留守でして……」

と言った。

「そうか。じゃ仕方ない。少し近所の評判などを仕入れて来い。何か報告しなきゃならんからな」

「わかりました」

忠男は電話を切った。

忠男が信一にずっと同じ会社に勤めていると言ったのは嘘だった。以前の勤め先は、一カ月以上前に倒産してしまったのだ。

やっとの思いで、親類の口ききで入社したのは、ある探偵社だった。探偵といっても、映画やテレビ、ミステリーに出て来るあの拳銃《けんじゅう》を持った、カッコイイ探偵とはわけが違う。亭主の浮気、女房の浮気の調査、結婚相手の身辺の調査——そんな仕事ばかりである。

およそスリルとか冒険とは縁のない職業なのだ。

課長の西尾《にしお》から、

「この男の素行《そこう》を調べてくれ」

と書類を渡されたときには、忠男はあっけに取られた。——水田信一。あの信一の素行調査をしろ、という命令なのである。

「どうかしたのか？」

と不思議そうな西尾課長へ、

「実は、この男、ぼくの古い友人で——」

と忠男は言いかけた。だから、ほかの人に代わってもらいたい、と言おうと思ったのだ。ところが、西尾は、

「それはいい！　じゃ調べるのにも手間はかからないだろう。すぐに行って来い！」

と言っておいて、ほかの件で電話のダイヤルを回しはじめた。忠男は仕方なく会社を出て、気の進まないままに、信一のアパートを訪ねたのだ。

「参ったなあ……」

忠男は電話ボックスを出て、ため息をついた。——近所の噂《うわさ》など集めるまでもなく、もう調査結果は出ているようなものだ。

どうしていいのか、ともかく一度頭の中を整理しよう、と忠男は、目についた喫茶店へはいった。

店は、割合に広く、明るい造りだった。喫茶店というより、フルーツパーラーとい

うのに近い。

客も、女性ばかりで、ちょっとはいりにくいくらいである。大体が買物カゴをさげたり、ショッピングカートを引っ張った奥さんたちで、なんともけたたましい声で、噂話に余念がない。――この手の情報源は、忠男の商売には貴重なものだが、およそ近付くのに勇気を要する。

ほかに女子高生も何人かいた。学校のほうはどうなっているのやら。

席について、コーヒーを頼むと、忠男は上着の内ポケットから封筒を取り出した。中は調査依頼書のコピーである。

依頼人は関口石文となっている。――信一の言った、「金持ちの娘」の父親であろうことは容易に推察できた。娘の恋人を調べさせる。どうもあまり感心したことではないが、この場合は賢明な処置といえる、と忠男は思った。

いったいどうしたものだろう？　事実ありのままを報告したら、信一には全く弁解の余地もない。信一が自分でまいた種である。自業自得《じごうじとく》といってしまえばそれまでだが……。

忠男は、信一との友情がこれで終わりになってしまうのがこわかった。――信一の側から見れば「裏切り」と思われるにちがいないし、忠男の側にも、そういう後ろめたさがある。隠しおおせるとは思えなかった。

といって、報告に嘘を書くわけにも行かない。遅かれ早かれ、真相は知れるだろうし、そのときになって、探偵社の信用問題になれば、大ごとである。当然忠男はクビ、ということになろう。

やっと見付けた勤め先である。ここでまた失業したらどうなるか？

「二度と失業はごめんだからなあ……」

職安へ足を運んだり、毎日、新聞の求人欄とにらめっこして、ほとんど報いられることのない、あんな生活はごめんだ。

友情か、会社か。——忠男はまさにハムレットの心境だった。

「あれ……？」

コーヒーを飲もうとして、ふと目が、店の隅の席へ向いた。そこにひとり、ぽつんとすわっていたのは……さっき信一のアパートから出て来た娘だった。

地味な、およそ目立たない娘だ。どことなく寂しげで、何か重荷に押しつぶされそうな弱々しさがある。

忠男は、信一がこの娘に目を付けたのは、分かるような気がした。信一は極端な派手好きだが、一方で、自分が派手にふるまえるように、地味な相手を選ぶことがある。

ほかならぬ、忠男自身もそうなのだ。学生時代から、忠男はいつも信一の引立て役をつとめて来た。そばにパッとしないのがいれば、信一がいっそう目立つわけである。

娘は、レモンスカッシュを半分飲みかけたまま、いっこうにそれ以上飲もうとしなかった。何を考えているのか、ぼんやりと、ときどき壁の抽象画を眺めたりしている。――色の青白い、しかし顔立ちそのものは、なかなか整っていた。きれいに着飾って、髪をあんなふうにパサパサでなくすれば、きっと美人だろう、と忠男は思った。

急に娘が忠男の方を見た。チラリと目が合って、忠男はあわてて目をそらした。

しかし、あの娘、いったいここで何をしているのだろう？

そのうち、娘が席を立って、伝票を手にレジへ歩いて行った。忠男はなんとなく、娘の姿を目で追っていた。

レジにはだれもいない。娘は店の中を見回した。――ふたりのウエイトレスのうち、ひとりはテーブルを片付けているし、もうひとりは例の奥さんたちの追加注文を承っていて、レジへ背を向けている。

すると――忠男は目を疑った――娘が引出しの出たままになっているレジスターの方へ身をのり出したと思うと、札を何枚かわしづかみにして取り出し、ハンドバッグへねじ込んだのである。

一瞬の出来事で、忠男はただ呆然《ぼうぜん》としていた。そのうちに、テーブルを片付けていたウエイトレスが娘に気付き、急いでレジへやって来た。

「三百円です。――どうもありがとうございました」

自動扉がガラガラッと開いて、娘は出て行った。――ウエイトレスは金を盗まれたことに、まるで気付いていないようすだ。たぶん硬貨入れのケースの下の札だけを取ったのだろう。しかし、いったいどういうことなんだ……。

忠男は急いで席を立つと、コーヒー代を置いて店を出た。左右へ視線をめぐらすと、あの娘が駅の方へ歩いて行く後ろ姿が目にはいった。

忠男は足を早めて、彼女のあとを追った。仕事ではないが、何か、そうせずにはいられないものを感じたのだった。

娘は、電車に乗るのではなかった。駅を通り過ぎて、ガードをくぐり、線路の反対側へ抜けて歩いて行く。

忠男は適当な距離を置いて尾行を続けた。――この仕事について、先輩から尾行の心得などを教えてもらったのだが、この娘のあとをつけるには、まるきりの素人《しろうと》でもいいようだった。

娘はじっと何かを考え込んでいるようすで、半ば目を足元へ落としたまま、歩いて行く。

「どこへ行くのかな……」

と呟《つぶや》いたとき、娘が、ふっと見えなくなった。――あわてて足を早める。

見えなくなったあたりへ来て、なんだ、とホッと息をついた。小さな公園があって、その奥に、彼女は背中を向けて立っていた。

低い柵《さく》があって、その向こうは電車の線路らしい。ゴーッと音をたてて駆け抜けて行く電車のパンタグラフが、忠男の目にも見えた。

娘は柵の前に立って、線路を見下ろしているらしかった。

「何してるんだろ？」

忠男は公園の入口からはいって、娘のようすをうかがっていた。――反対方向の電車が近付いて来る音が聞こえる。

娘が突然、ハンドバッグを足元へ落とした。忠男はギクッとした。ある予感が頭を走った。――いけない！　やめろ！

娘が両方の靴を脱ぎ捨てた。忠男は娘に向かって駆け出した。娘が柵をまたいで越えようとする。電車の響きが……。

「やめろ！」

忠男は娘を抱き止めた。娘は身をよじりながら、

「放して！　ほっといて！」

と叫んだ。

「だめだ！　いけない！」

忠男も叫んだが、そう言ったのかどうか、自分でも自信はなかった。電車がすぐ目の下を通り抜ける、その轟音《ごうおん》に圧倒されて、何も聞こえなくなってしまったのだ。

暴れようとした娘も、すぐに忠男の腕の中で、ぐったりと力を抜いた。――電車は遠ざかって行った。


娘をベンチにすわらせて、忠男は靴とハンドバッグを拾って来た。

「さあ、靴を……」

娘は素足に靴をはいて、じっと顔を伏せていた。――泣いてはいない。うつろな表情であった。

忠男は娘のハンドバッグを開けると、中から、さっき娘の盗んだ札をつかみ出して言った。

「死ぬくらいなら、こんなこと、しなきゃいいじゃないか」

娘は顔を上げて忠男を見た。――やっと、さっき店で顔を見合わせた相手だと思い出したのか、

「あなたは……」

と言いかけて、口を閉じた。

「さっき見ていたんだよ、きみがそれを盗むのをね」

娘は不思議そうな顔で、

「じゃ、どうしてあそこで捕まえなかったんですか?」

「捕まえてほしかったかい?」忠男は続けて、
娘は目を伏せた。——

「きみのようすがどうも妙だったもんで、ついて来てみたんだよ。いったいどうして、こんなことを?」

「お金がほしかったんです」

「いや、死のうとしたことさ」

「それは……自分で自分がいやになったんです。とうとう泥棒までしてしまって……」

「それで飛び込もう、と?」

「ええ」

忠男は息をついた。——自殺しそこなった人間に意見できるほど、忠男はとしではない。それはやはり、若い人間の言うことではないのだ。

「どうして金が入用だったんだい?」

「それは……」

娘がためらいがちに目を伏せて、

「手術のお金が……」

と消え入りそうな声で言った。

「手術……」

忠男にはぴんと来るものがあった。

「こどもをおろす手術？」

「ええ」

娘がうなずく。——忠男は思わず顔をそらした。信一のやつ！　なんてことだ！

「すみませんでした、お手数を……」

娘はよろけるように立ち上がった。

「どうするんだい？」

「あのお店へお金を返して来ます」

「警察へ突き出されるかもしれないよ」

「仕方ありません。そういうことをしたんですもの」

「いいよ。待ちなさい」

「え？」

「封筒がある。これにお金を入れて、あの店の郵便受けへ入れておけばいいさ。——きっと交番へは届けないと思うよ」

「でも——」

「ぼくが返して来てあげる。きみはここにいなさい。いいね？」

娘は不思議そうに忠男を見つめていたが、やがてゆっくりとベンチへ腰を下ろして、こっくりうなずいた。

「よし。じゃ、本当に待ってるんだよ」

「はい」

「すぐもどるからね」

公園から出て行きかけると、忠男はふと足を止め、振り向いた。

「きみ、名前は？」

娘はちょっと間をおいてから、

「相川広美です」

と答えた。

「ぼくは、柏木忠男だ」

「――初めまして」

どう言っていいか分からないようすで、相川広美が言った。忠男はちょっとほほえむと、公園を出て、あの喫茶店へもどって行った。

――いつの間にか、足取りは早くなって行った。

## 2 殺意

「ご趣味は？」

こんな文句で始まる付き合いは、退屈なものに決まっている。

実際、関口麗子はこの上なく退屈していた。客間のソファーに向かい合っているのは、いかにも一流大学から一流企業へ進んだエリートという感じの青年で、背広を着せたマネキン人形の方が口をきかないだけ、まだましだと思った。

麗子が返事をしないので、その青年——青野良雄《あおのよしお》は、自分の趣味についてしゃべり出した。

「ぼくは歴史が好きでしてねえ、何度かヨーロッパにも行ってますが、そのつど、必ず有名な遺跡を見て回るようにしているんですよ」

そうですか、ご苦労様。麗子は心の中で言った。

「麗子さんはいかがですか？　ヨーロッパへは何度も行かれてるんでしょう？」

「ええ」

麗子はやっと返事をした。

「でも、私はヨーロッパよりアフリカやアマゾンの方が好きですわ」

「はあ……」

「特に奥地へ行ったときに食べた蛇《へび》の干物と人間の肉はとってもおいしかったわ」

一瞬、エリート青年はギョッとした顔になったが、すぐに笑いながら、

「はは……冗談がお得意ですね」

「私、車が好きですの。あなたは？」

「く、車ですか？――ぼくはあいにく免許がないので」

「あら、それは残念ね」

と言ってから、ふと思い付いたように、

「どうでしょう？　私の車にお乗りになりません？　少しその辺をドライブしましょうよ」

「はあ、結構ですね」

「じゃ、行きましょう！」

麗子は先に立って歩き出した。青年はあわててあとを追った。

裏手から出て、車が三台はいっているガレージの扉を開けると、麗子は愛車のポルシェ928を手で示した。

「これが私の車ですの」

「ははあ、素晴らしいですね！」

青年は感嘆の声を上げた。

「ポルシェ928ですわ」

「はあ……。高いんでしょうねえ！」

麗子はチラリと軽蔑《けいべつ》の目で青野を見たが、幸い相手はまるでそんなことには気付かなかった。

「どうぞ」

青野を助手席に乗せると、麗子はエンジンをかけた。ブルル……とエンジンが武者《む しゃ》震《ぶる》いする。

「じゃ、この辺をちょっと回りましょうね」

麗子はいきなりアクセルを踏み込んだ。ポルシェは猟犬のような勢いで飛び出し、青野はひっくり返りそうになった。

「あ、危ないですよ！」

「ベルトをどうぞ」

と麗子は澄まして言った。

ポルシェは屋敷のわきを抜け、正門から表へ飛び出した。そのまま急ハンドルで左折し、広いとはいえない道を猛然と突っ走った。

「ス、スピードが……」

青野は真っ青になっている。

「たった百二十キロですわ！」

と麗子は言った。

「スピード違反です！　捕まりますよ！」

と青野がわめいた。

「スピード違反でなくたって捕まるわ！」

「ど、どうしてです？」

「私、無免許ですもの」

むろん嘘である。しかし青野の方は本気にして目をむき、ますます青くなって座席にちぢこまってしまった。

関口石文は、自分の部屋の窓から、麗子のポルシェがもどって来て、青野青年が逃げるように帰って行くのを、苦い顔で見下ろしていた。

まだ五十歳という若さで、四つの企業を手中にした関口にとって、もっか、一番の悩みの種は、資金繰りでも公定歩合でもなく、麗子であった。

関口が階下へ下りて行くと、玄関から麗子が得意満面のようすではいって来た。

「おとうさん、あの人、何か急用を思い出したとかでお帰りになったわよ」

「分かっとる。またおまえが車でむちゃくちゃにぶっ飛ばしたんだろう。ちょっと来なさい。話がある」

麗子は肩をすくめて、父のあとから居間へはいって行った。

「——全く、おまえにも困ったもんだ」

「おとうさんが、変なのばかりよこすからよ」

「変なのとはなんだ！　青野は東大出のエリートだぞ」

「興味ないわ」

麗子はソファーに、ゆっくりとすわって、

「おとうさんだって、分かってるでしょう」

「おまえの好みだけは、さっぱり分からん」

「世代の差よ」

「しかし、ひとつだけは確かだぞ」

「なんのこと？」

「働きもせずに女の金で遊んで暮らしとるような男に、ろくなやつはいない！」

「それは水田君のこと？」

「そうだ。——おまえ、やつに金をやっとるのか？」

「貸してるだけよ」

「返すもんか。やつはどこでも働いていない」

「大学生ですもの」

「学校へもろくに行っとらん」

「私だってそうよ」

「妙な自慢をするな！」

　麗子は黙って肩をすくめた。

「──いいか、わしはあの男のことを探偵社に調べさせた」

　麗子は怒りもせずに、

「おとうさんのやりそうなことね」

「その報告がここにある」

　関口は上着のポケットから封筒を出し、麗子の前へ投げ出した。

「読んでみろ」

「読むの面倒だわ。おとうさんの話で十分」

「そうか。──ともかくやつはどこでもアルバイトひとつしておらん」

「そんなこと知ってるわ」

「知ってる？」

関口は娘の顔を見て、

「やつが自分でそう言ったのか？」

「いいえ。でも、それくらい分かるわよ」

「それでも平気なのか？」

「べつに構わないじゃないの」

「あきれたな！」

関口はお手上げといった顔で、

「わしはおまえの付き合う相手はおまえに自由に選ばせてやりたいと思っとる。しかしそれでも、限度というものがあるぞ」

「私だって、おとうさんが連れて来る妙な優等生には苦労して話を合わせてるわ。でも、やっぱり限度ってものがあるわ」

と麗子は言い返した。

「やれやれ」

関口はため息をついた。

「じゃ、失礼するわ」

廊下へ出ると、電話が鳴った。

「はい、関口です。――あら、噂をすればなんとか、ね」

「あまりいい噂じゃないんだろうね」

信一が笑いながら言った。

「それはどうかしら。父がね、あなたのことを探偵社で調べさせたんですって」

「探偵社？」

「そう。――結果はね――聞きたい？」

「聞きたいね」

「品行方正にして頭脳優秀、勤勉誠実、将来有望な青年だって」

「そいつはすごいな」

と信一は言った。

「ぼくならその探偵社には二度と仕事を頼まないね」

「私もよ」

と言って、麗子は大笑いした。

「――あすあたり会えるかい？」

「いいわよ。どこで？」

「鎌倉《かまくら》の方へ出ようかと思ってるんだけれどもね……」

「いいわね！　じゃ車で迎えに行くわ」

「あの車で？　――それじゃ新宿駅の前で待ってるよ」

「西口の、安田《やすだ》生命ビルのあたりで、あすの十一時ごろ」

「いいわ。どの辺で？」

「オーケー。じゃあね」

「それじゃ、おとうさんによろしく」

と信一は言った。

電話を切ると、麗子は鼻歌まじりに、階段を駆け上って行った。

居間では関口が、ゆっくりと受話器をもどしていた。


「やあ」

忠男は、熱心に本を読んでいる広美へ声をかけた。広美は顔を上げて、

「あら！　ごめんなさい。気が付かなくって……」

「もう仕事は終わったの？」

「ええ。あすは定休日だから、ほっとしているところ」

「そうか。あんまり無理しない方がいいよ」

「ありがとう」

広美はほほえんだ。

夜、十時。地下街も、そろそろ閉まりはじめる時間である。ふたりは地下の広場か

ら通路を抜けて、歩いて行った。

「ごめんなさいね、呼び出したりして」

と広美は言った。

「いいや、構やしないよ」

「あなた、探偵さんなのね、驚いちゃった。電話したら『××探偵社』です、って言うんだもの」

「007とはだいぶイメージ違うだろう」

と忠男は笑った。

「――それで、なんの用だい?」

「ちょっと……ご相談したいことがあって」

広美は真剣な顔で忠男を見た。

「ぼくで力になれることがあれば……」

「ごめんなさい、図々《ずうずう》しく。――命を助けていただいて、まだお礼もしていないのに」

「礼なんてこと、考えるなよ」

と忠男は顔をしかめた。

「ともかく、どこか、話のできる所に行こう。喫茶店はうるさくて仕方ないからなあ……」

あれから一週間たっていた。

忠男は、結局、信一が全くアルバイトもせずに、親の仕送りと、関口麗子の金だけで暮らしていることを報告し、相川広美のことには触れなかった。広美を傷つけることにならないかと心配だったのだ。

むろん、広美は忠男と信一が友人同士だということも、何も知らない。

ふたりは比較的すいた、静かな喫茶店を見付けて、はいった。

「――ところで、話ってなんだい？」

「あの……私、こどもを産もうかと思ってるんです」

忠男はちょっとの間、まじまじと広美の顔を見た。

「それは……まあ、きみの自由だけれど……。その……彼には相談したの？」

「いいえ」

「やはりふたりで話して決めることじゃないかなあ」

「ええ、それはそう思うんですけど……。まだ、彼、学生ですし、打ち明けても、私に産んでいいとは言えないと思うんです。――ですから、私、自分の判断で――」

「でも、彼とは結婚するの？　その約束になっているのなら――」

「はっきり言ってるわけじゃありませんけど。彼も大学を出たら一緒になるつもりなんですわ」

忠男はなんとも言いようがなかった。広美は無邪気に信一を信じているらしいが、同様に、忠男の方でも、信一が広美と結婚する気などまるでないのを承知している。

――しかし、ここでそれを言ってやることはできない……。

「それは慎重に考えた方がいいね。つまり、まだ彼は卒業までに時間があるんだろう? ――こんなことを言うと怒るかもしれないが、男女の仲だって、いつまでも変わらないわけじゃないからね」

「でも、あの人は大丈夫です。そんな人じゃありませんもの」

忠男は言葉につまった。いったいなんと言えばいいものか……。

「でもねえ、お金のことひとつ考えたって、出産の前後は働けないし、お産そのものにも金がかかる。――容易なことじゃないよ」

「なんとかなります。きっと、なんとかしますわ」

これでは話にならない。

「きみにお金でも貸してあげられるといいんだが……」

「そんな――そんなつもりでお話ししたんじゃありません。そうじゃないんです。ただ……だれかに、『しっかりやれ』って励ましてもらいたくって……」

励ましたい気持ちはあるが、そのあとの、彼女の絶望を思うと、そんな無責任なことも言えない。

忠男は言った。

「いいかい、悪いことは言わないから、産むのはやめなさい」

「でも――」

「聞くんだ。きみがいくら信じていても、男というのはこどもと聞くと急に逃げ腰になる。そういうものなんだ」

「あの人は――」

「彼だってそうだよ。きみはそうでないと信じたいだろうけど」

「でも、あなたはあの人をご存じないから――」

「知ってる」

広美はしばし当惑してポカンとしていた。

「知ってる、って……」

「水田とは高校からの友人なんだ。この間、彼のアパートへ行った。そのときに、アパートを出て来るきみを見かけたんだ。――そのあとのことは偶然さ。このことは黙ってようと思ったんだが」

「あなたが信一さんのお友だちだなんて！」

「だから彼のことはよく知ってるんだ。彼はきみと結婚する気はないよ」

広美は表情をこわばらせた。

「彼がそう言ったんですか?」

「言わなくても分かる。彼にはほかに恋人がいるんだ」

「嘘だわ!」

「本当だ。関口麗子と言って、関口石文と言う大金持ちの娘だ。彼はその娘からこづかいをもらって遊んで暮らしてる。——彼にはそういう生活が一番似合ってるんだ。根なし草で、気まぐれなやつなんだ。——いいかい、こどもを産んじゃいけない」

広美は突然立ち上がると、そのまま店から飛び出して行ってしまった。

忠男も立ち上がったが、あとを追うことはしなかった。

「水田のやつ……」

呟《つぶや》きながら、また腰を下ろした。

関口石文は、自分の部屋の窓から、麗子のポルシェが走り出して行くのを見送っていた。——時計は、朝の十時半をさしていた。

## 3　海辺の死

「中森《なかもり》さん、着きましたよ」

パトカーの助手席で振り向いた立川《たちかわ》刑事はそう声をかけてから笑い出した。

「おやおや……」

中森は後ろの座席でぐっすり眠り込んでいたのだ。立川はパトカーを降りると後ろのドアを開け、中森の肩を叩《たた》いた。

「中森さん！」

「うん？　……ああ……」

中森は二、三度瞬《まばた》きをしてから大きく息をついた。

「着いたのか？」

「ええ、現場ですよ」

中森は大きなあくびをしながらパトカーから降り立った。

静かな砂浜が広がっていた。朝の海は、まだ風が寒い。曇天《どんてん》の下、海は鉛色に鈍く光っている。

その砂浜の一角に、十人ほどの人間が集まっているのが見えた。

「あれらしいな。──行くか」

中森はもう五十歳も間近。ベテランの刑事だ。中肉中背の目立たないからだつき、半分白くなりかけた髪、穏やかな顔つきは、学校の教師といった雰囲気だった。

部下の立川はまだ二十七歳。中森よりも頭ひとつ背の高い、スマートなからだつきだ。若いせいもあって、いささか突っ走るくせはあったが、中森にとっては、気のきく、よい部下である。

ふたりは砂浜に足を取られながら歩いて行った。

「畜生、靴の中に砂がはいるな……」

中森は舌打ちした。

「あれ、どうなってるんでしょうね？」

立川が中森のグチなど無視して言った。

「車が半分砂地へ突っ込んでますよ」

「なんだ？」

足元にばかり気を取られていた中森も顔を上げた。

赤いスポーツカーが、鼻先を砂に埋《うず》めるようにしている。

「外車らしいな」

「ポルシェですよ」

と立川が即座に言った。

「何百万するかなあ。えらく高い車なんですよ」

「ふーん」

中森はあまり関心なさそうに唸《うな》った。制服の警官が近付いて来た。

「何か用ですか？」

「警視庁の中森です。これは立川刑事」

「やあ、お待ちしていました」

と声をかけて足早にやって来たのは、四十歳前後の、小太りな刑事だった。

「県警の草間《くさま》です」

「どうも。――被害者は？」

「車の中ですよ。――どうぞ」

中森は車へ近付いて中をのぞき込んだ。――若い娘が、ハンドルに手をかけたまま死んでいた。十八か、せいぜい十九歳というところだろう。ワインカラーのカーディガン、同色のスカート。いかにも高そうな服を着ている。死因は一見して明らかだった。首に強く食い込むように、黒いエナメルのベルトが巻き付いているのだ。

「女性物のベルトですな」

と中森は言った。

「身元は分かりましたか？」

草間と言う刑事は、死体のわきのバッグをさして、

「中に手帳がありましてね。関口麗子という名と住所が書いてあったので、連絡させました。いま、親もこっちへ向かっていると思いますが」

「免許証は？」

「見当たりませんでした」

「ふむ……。かなりいい家の娘のようですな」

「こんな車を乗り回すんですからねえ」

「何か手掛かりは？」

「いまのところ、何もありません」

中森はうなずいて車から離れた。そしてぶらぶらと波打ち際の方へ歩いて行った。

立川が気付いてあとを追って来る。

「中森さん、どうしたんです？」

「どうしたも何も……。どうして我々をこんな所まで呼んだんだ？　やっと身元が分かっただけ。手掛かりも何ひとつない。——いったいおれたちに何をしろっていうん

だ？」

立川は肩をすくめた。中森のグチには慣れっこである。

「現場は鎌倉でも被害者は東京の人間ですからね。気をきかせて呼んでくれたんじゃないですか？」

「それにしたって、何かめどがついてから連絡してくれればいいんだ。全く、朝早く起こされて迷惑な話だ」

立川は取り合おうとせずにニヤニヤ笑っていた。文句ばかり言いながら中森は事件に取り組んで行く。それが中森の頭の潤滑油みたいなものなのである。

「犯人は暴走族か何かですかね」

と立川は水を向けてみた。中森はフンと鼻を鳴らして、

「スカートもブラウスも乱れたようすはなかったぞ。何もしないのに殺しはすまい。あれは個人的な恨みだろう」

「首に巻き付いてたベルトは……」

「女物だが、女とは限らん。被害者のものかもしれんしな」

「それはそうですね。――男女関係のもつれですか」

「さあな、親が来れば何か分かるかもしれんが……」

立川は道路の方を目を細めて見やって、

「あの車……親が来たんじゃないですか」

「どうして分かる？」

「ベンツですよ。娘がポルシェなら親はベンツくらいでないとね」

「行ってみよう」

中森は歩き出してすぐに、

「おい、ちょっと肩を貸せ」

「は？」

「つかまらせてくれ。靴が砂だらけで……」

靴の中の砂をはたき出すと、中森はゆっくりポルシェの方へもどって行った。――ベンツから降りて来た五十歳くらいの男が、沈んだ面持ちで車の中をのぞき込んでいる。

「待てよ……」

中森はちょっと眉《まゆ》を寄せた。あの顔は……。

「ああ、中森さん」

草間刑事が呼びかけて来た。

「いま、確認していただいたところです。父親の関口石文さんです」

「やっぱり関口か！」

中森が言うと、関口は当惑したような顔で中森を見た。

「中森だよ。大学で一緒だった」

関口はゆっくりうなずいた。

「そうか……。いや、もちろん覚えてる。きみは――」

「警視庁の刑事なんだ」

「ああ、そうだったな。……こんな所で会うとはね」

関口は引きつったような笑みを浮かべた。中森は車の方へ目を向けてから、

「きみの娘さんか？」

関口は黙ってうなずいた。

「そいつは気の毒なことをしたな」

「ひとり娘だったんだよ……。なんだか、まだ悪い夢を見てるようだ」

「分かるよ。――麗子さん、と言うのか」

「そうだ」

「出かけてるのは知ってたのか？」

関口はため息をついて、

「いまの若い者は勝手に何も言わずに行ってしまうからな。……それにおれも忙しいからさっぱり分からんよ。きのうの朝、出かけたらしいがね」

「だれかと一緒だったのか？」

「いや、家を出るときはひとりだった」

「じゃだれかと待ち合わせていたんだろうな」

「そんなところだと思う」

「心当たりはないかね？」

関口は肩をすくめて、

「娘の付き合っていた相手はよく知らん。特別に心当たりはないよ」

「ボーイフレンドは？」

関口は首を振った。

「いないことはあるまいが、どんな男と付き合っていたのかは知らんね」

中森はしばらく黙って関口を見つめていた。

「――奥さんは？」

「旅行に行ってる。すぐに呼びもどすよ」

「そうか。奥さんなら少しは知ってるかな、娘さんの彼氏を？」

「さあ、どうかな……」

関口は曖昧《あいまい》に言葉を濁した。

「女房は旅行好きでね。ほとんど家にいない。おれより娘のことを知ってるとは思えんね」

「念のため、話を伺いに行くかもしれんよ」

「いいとも。ぜひ来てくれよ」

そこへ立川が口を挟んだ。

「中森さん、記者たちが……」

「そうか。関口、きみはつきまとわれたくあるまい。もどっていたまえ。連絡するから」

「すまん。頼むよ」

関口はそう言うと、クルリと向きを変えて、待たせてあるベンツの方へ足早に歩いて行った。

「ずいぶん、あっさりしてますねえ」

と立川があきれたように言う。

「涙ひとつ流すわけでもなし。あんなもんですか？」

「まだ実感がないのかもしれん。それに確か関口は実業界ではかなりの人物だ。あまり取り乱した真似《まね》もできないんだろう」

「なるほど」

「それよりおれが気になるのは……」

と言いかけて、中森は言葉を切った。

「なんです？」

「――いや、なんでもない」

中森は首を振った。内心、どうにも引っかかっていることがあった。

殺された娘のボーイフレンドのことを訊《き》いたとき、関口の返事がいやに早かったような気がしたのだ。それに、ひとり娘のボーイフレンドについて、父親が全く無関心でいるというのは、どうも妙な気がした。

関口は何か知っているのではないか。中森にはそう思えてならなかったのだ。――しかし、それではなぜ関口は知らないと嘘をついたのか？　嘘をつく理由があるのだろうか……？

中森はどうにもすっきりしない気持ちであった。

「柏木、どうだ。飲んで行かないか？」

忠男は、探偵社の先輩の誘いに、

「悪いんですけど、今夜はちょっと……」

と逃げた。

「なんだ、デートか？」

「え、ええ……。まあ、そんなところです」

「じゃ仕方ねえ。巧《うま》くやれよ」

「失礼します」

忠男はひとりになってほっと息をついた。

デートなんてでたらめだったが、先輩と付き合いで飲む酒は、少しもうまくない。それぐらいならひとりで飲んだ方がいい。

それよりも、忠男は相川広美のことが気になっていた。おとといの夜、広美に信一のもうひとりの恋人のことをぶちまけてしまった。——広美にとってはどんなにかショックだったろう。特に彼女は妊娠しているのだ……。

忠男は、広美の働いている食堂へ行ってみよう、と思った。きのうは定休日だったはずだから、きょうは出ているだろう。

——あまり上等とはいえない、大衆食堂だった。安いだけが取り柄という感じで、店も小さいし、騒々しくて、ごみごみしている。それでも、学生らしい若者や、独身のサラリーマンなどで席はほぼいっぱい、だれもがせわしく大盛りのごはんをかっこんでいた。

「食券を買ってください」

店の中へはいってキョロキョロしていると、カウンターの女の子が言った。

「ああ……」

何か注文しなきゃ悪いだろう。

「カレーライス」

とこまかい金を出しながら、

「相川広美さん、来てる？」

と訊いた。カウンターの娘は、

「広美？　ああ、きょうは来てないわよ」

と気がないようすで答える。

「来てない？　休みかい？」

「知らないわ。連絡ないし。無断で休まれると困っちゃうのよね、忙しいのに。――あんた、広美の彼氏？」

「い、いや……そういうわけじゃ……」

忠男は慌《あわ》ててカレーライスの券を取ると、あいた席をひとつ見付けてすわった。――広美が無断欠勤。あの生真面目《きまじめ》な娘にはどうも似つかわしくない。

水っぽいカレーを食べながら、忠男は広美のことが気になってならなかった。信じ切っていた恋人に裏切られたショックで、万一、自殺でも……。

まさか、と打ち消してはみたものの、現に広美は忠男の目の前で電車へ飛び込みかけたのだ。考えられないことではない。

カレーを手早く食べ終えて、忠男はもう一度カウンターの女の子へ声をかけた。

「悪いけど、彼女のいるアパート、どこだか知らないか?」

「広美のアパート? さあ、知らないわね。奥のマスターにきいたら? でもいま、忙しいから、まともに返事してくれないと思うわよ」

「何時ごろになったら手があく?」

「そうねえ、九時ごろかな」

まだ二時間もある。

「わかった。ありがとう」

いったんは諦《あきら》めて外へ出たものの、やはり広美のことをほうってはおけない。忠男は近くの安い映画館で時間をつぶし、九時過ぎにもう一度食堂へもどった。確かに客はまばらで、店もそろそろ片付けを始めている。

店の主人は忠男の質問にそういやな顔もせず、奥から広美の履歴書を探して持って来てくれた。

「あの子に何かあったのかね?」

住所をせっせと手帳に書き写している忠男に、主人が訊いた。

「いえ、べつにそういうわけじゃないんですが……」

「なかなか素直ないい子なんだ。できればやめてほしくないがね」

「やめないでしょう、きっと。おかあさんの具合でも悪いんじゃないですか」

「ともかく、もし会ったら、一本電話を入れてくれるように伝えてくれ」

「分かりました」

忠男は礼を言って食堂を出た。

住所だけで家を探すのは、東京ではむずかしい。忠男はまず駅の近くに交番を捜した。それがいちばん早いのである。

道順と目印を聞いて、細かい道を辿《たど》って行くと、メモにある『清明荘《せいめいそう》』というアパートはすぐに見付かった。

アパート長屋、とでもいいたいような、二階建ての、あまり上等とはいいかねるアパートが軒を接して並んでいる。

『清明荘』はそのひとつだった。

もう十時近くになっているので、人通りもない。アパートの薄暗い入口からはいって行くと、裸電球の光が寒々とした廊下を照らし出している。両側にドアが四つずつ並んでいた。廊下には三輪車だの、縄とびの縄だのがほうり出してある。

広美の部屋は一〇五だった。──『相川』と、サインペンで書いた白い紙が画鋲《がびょう》でドアのわきにとめてある。

忠男はブザーを押した。――返事がない。三度押して、待ったが、なんの応答もなかった。

「いないのかな……」

ドアを叩《たた》いてみて、驚いた。ドアがすっと内側へ開いたのだ。

「ごめんください……」

忠男はおずおずと頭を出しながら言った。部屋の中はまっ暗だった。廊下の明かりがさし入って、手狭な玄関と、小さな台所が目にはいる。

留守にしては、ドアが開けっ放しというのはおかしい。

「だれかいませんか？」

しばらく待ったが、なんの返事もない。忠男はためらったが、思い切って部屋の中へはいった。壁を手探りしてスイッチを見つけ、明かりをつけた。台所とひと間だけの部屋らしい。玄関から奥をのぞくと、布団《ふとん》の端が見える。だれか寝ているらしい。

広美の母親だろう。眠っているのだろうか？

「すみません。あの……」

呼びかけたが、いっこうに目を覚ます気配もない。忠男は困ってしまった。勝手に上がりこむのはどうもまずいという気がしたが、といってこのまま帰ってしまうわけにも行かない。

決心して靴を脱ぎ、部屋へ上がった。

「失礼します……」

と声をかけて……はいってみて目を見張った。

部屋の中はひどい有様《ありさま》だった。タンスの引出しが全部開けられて、中身がぶちまけられ、足の踏み場もない。

「ど、泥棒だ……」

思わず呟《つぶや》いて、しばし身動きもできなかった。――やがて、布団の方へハッと目をやって、

「大丈夫ですか！」

と声をかけながら布団をめくった。

広美の母親はカッと目をむいて死んでいた。首に深々と電気のコードが食い込んでいる。

忠男はヘナヘナとその場にすわり込んでしまった。――探偵といっても、殺人だの強盗だのといった暴力沙汰《ざた》とは無縁である。死体に出くわしたのなど、生まれて初めてだ。

忠男は、しばらくの間、ただ呆然《ぼうぜん》とすわり込んで、目の前の死体を見つめていた。

「なんとか……なんとかしなくちゃ……。そうだ、警察……一一〇番だ」

自分に言い聞かせるようにひとり言を言って部屋の中を見回したが、電話はない。

「そうか。電話、ないんだっけ……」

外へ出てかけなくては。隣の部屋ででも頼んでみるか？　しかし、隣にだって電話があるとは限らないじゃないか。

——ああ、畜生！　なんてことだろう！

そして忠男ははっと息をのんだ。

「広美さん！　広美さんは……」

すっかり忘れてしまっていた。広美はいったいどこに行ったのだろう？　なぜ部屋にいないのか……。

忠男はよろよろと立ち上がった。ともかく人を呼ばなくては。心配するのはそれからだ。膝《ひざ》がガクガク震えるのをこらえて、やっとの思いで玄関へと足を運ぶ。そして靴をはこうとかがみ込んだとき、部屋の明かりが消えた。

からだを起こす間もなかった。後頭部にズンと鈍い衝撃が加わって、忠男はそのまま崩れるように倒れ、意識を失ってしまったのだ。

どれくらい時間がたったのか、ズキズキと頭を刺すような痛みに、忠男は意識を取りもどした。

いったい何があったのか、思い出すのに、やや時間がかかった。狭苦しい玄関に、からだをねじるようにして倒れていたので、あちこちが痛んで。――そうか、だれかに殴られたのだ。

どうやら、部屋を荒らして、広美の母親を殺した犯人は、忠男が部屋へはいったとき、まだ中にいたのにちがいない。ドアの陰に隠れたか、それともカーテンの後ろにでもいたものか、それは分からないが、隠れて忠男のようすをうかがっていたのだろう。そして忠男が警察を呼びに行こうとしたので、殴りつけて逃げたのだ。

殴られただけでよかった。もしかしたら、広美の母親のように絞め殺されていたかも……。そう考えると思わず身震いが出る。

ともかく警察だ。まだ痛む頭を振って、忠男はドアを開け、廊下へ出た。そのとたん、目の前に制服の警官が立っているのにぶつかりそうになった。

「あ……」

突然だったので、言葉が出ない。どうして警官が来たんだろう？　だれが知らせたんだ？

忠男は面食らった。

警官の方も驚いたようだ。素早く二、三メートルあとずさると、警棒を握りしめて身構えた。

「おい！　武器は！」

と怒鳴《どな》る。

「え？」

「刃物は持ってるか！」

「……なんですって？」

「とぼけるな！　壁の方を向いて両手を壁につけろ！」

忠男はやっと事態がのみ込めた。この警官は忠男が強盗だと思っているのだ。

「ねえ、違うんですよ、ぼくはただ……」

「うるさい！　逆らうのか！」

警官の方もずいぶん若い。ひどく緊張しているようすだった。

「僕は怪しい者じゃあないんです。あの——」

身分証明書を取り出そうとしてポケットへ手を入れたのが悪かった。ナイフか何かを出すのだと思ったらしい。警官は警棒を振り上げて飛びかかって来た。忠男はとっさに身をかわして飛びすさった。

「何するんです！　やめてくださいよ！」

「おとなしくしろ！　貴様！」

つかみかかってくる警官の腕を払おうとして振り回した拳《こぶし》が警官の鼻柱に、思いがけない強さで当たった。警官がうっとうめいて、手で顔をおおった。指の間から血が伝った。

忠男はぞっとした。動転して、何がなんだか分からなくなった。

気が付いたときは、アパートを飛び出して夜の道を夢中で走っていた。

どこをどう走って来たのか、忠男は息苦しさに足を止め、喘《あえ》ぎ喘ぎ傍《かたわら》の街路樹にもたれかかった。

大変なことになってしまった。――いまになっては遅すぎたが、自分のしたことを考えて、改めて忠男は頭をかかえた。

警官を殴って、逃げて来てしまったのだ。あの状況では、自分が犯人扱いされるにちがいない。――どうすればいいだろう？

いまから警察へ行って事情を説明するか。しかし、信じてくれるとは思えなかった。特にはずみとはいえ警官に乱暴したのだ。向こうも悪い。いきなり殴りかかって来るなんて無茶だ。しかし、そんな説明が通用するとは思えなかった。

「何てことだ、畜生め！」

忠男は吐きすてるように言った。

しかし、希望はある、と思い直した。あのアパートの薄暗い廊下である。顔をはっきり見られたとも思えない。それに彼を見知っている者もないのだ。

そのままだれがやったのか、分からずじまいになる可能性もある。——しばらく考えて、忠男はこのままほうっておこう、と決めた。

何もわざわざこっちから出向いて強盗殺人犯にされることはない。

ともかく、いまは家へ帰ろう。

いったいどこに自分がいるのか分からないので、広い通りを捜して少し歩いた。そして通りかかったタクシーを拾って、家の近くの駅まで乗って行くことにした。

タクシーが走り出すと、忠男はやっと少し落ち着いて今夜の出来事を考えられるようになった。考え出すと、いろいろ妙な点が出て来るのだ。

まず広美の姿が見えなかったこと。無断で店を休んだのも彼女らしくないが、アパートにもいないというのは、どういうことなのか？　いったいどこにいるのだろう？

もうひとつは、あのアパートに強盗がはいったという点だ。部屋の中は荒らされていた。しかし、あの貧しいことがひと目でわかる部屋に強盗がはいるだろうか？　しかも、人殺しまでして、盗むようなものがあるとは、とても思えない。

しかし、だからといって殺人が目的だったとも思えない。あんな病身の老女を殺して何になるのだろう？　——とすると、いったい犯人の目的はどこにあったのか？

忠男は頭を振った。——考えたところで分かるわけもない。ひどく疲れていた。

大きく息をついて、窓の外を流れて行く夜の街を眺めていると、カーラジオのニュースが耳にはいって来た。

「――殺されたのは、会社社長、関口石文さんの長女関口麗子さん、十八歳です。麗子さんは昨日の朝、友人とドライブすると言って家を出たきり、昨夜はもどらず、けさになって鎌倉の海岸に止めてある車の中で、死体となって発見されたものです。麗子さんは女性用のベルトで首を絞め殺されており、警察では恨みによる犯行と、行きずりの犯行とのふたつの面から捜査を進めています……」

## 4　秘密

「やあ、よく来てくれたね」

客間のドアが開いて、関口がはいって来た。中森はソファーから立ち上がって、

「こんなときにすまないな。すぐに失礼するから」

「いや、いいんだ。ゆっくりして行ってくれ。――おれもだれかいてくれたほうが気が紛れる」

関口は親し気に中森の肩へ手をかけた。

「何か飲むか？」

「勤務中だからな。アルコールはまずい」

「じゃコーヒーでも？」

「いただこうかな」

関口はうなずくと傍《かたわら》の電話を取り上げ、内線でコーヒーを持って来るように言い付けた。

「……娘の遺体はいつ引き取らせてもらえるかな？」

「そのことで来たんだ。一応検視は終わった。きょうの夕方に受け取りに来てもらえるとありがたい、ということだった」

「それはよかった」

関口はうなずいた。

「葬儀を出しても構わんだろうね」

「むろんだ」

「いや、いろいろと悔やみを言われるんだが、葬儀の日取りも決められないので心苦しくてね。――では今夜通夜をして、あす告別式にしよう」

「本当に気の毒なことをしたな」

中森は言った。

「犯人は必ず挙げてみせるよ」

「ありがとう」

関口は穏かな口調で、

「犯人の手掛かりはあったのかね？」

と訊《き》いた。

「いまのところはまだだ。残念ながら」

「そうか……。通り魔的な犯行かもしれないな」

「その可能性もある。しかし、一応は個人的な恨みという線で追ってみるつもりだよ」

「心当たりがあるといいんだが……」

「それを訊きたいということもあってね、きょうやって来たんだ。——どうだ？　だれか麗子さんの付き合っていた男を思い出さないか？」

関口は中森と並んで腰を下ろすと、

「考えてはみたんだがね」

と首を振って、

「なにしろおれは忙しい。家にいない日のほうがずっと多いからな。娘が何をしていても、さっぱり分からないよ。父親としては全く失格だな」

「そんなことはない、おれにしたって同じさ。刑事なんて稼業は家族の犠牲の上に成り立ってるようなもんだ」

「そうだろうな」

「奥さんはどうだ？　ご存じじゃないかな？」

「きいてみたがね。心当たりはないようだった」

「そうか……。お会いできないだろうか？」

関口はちょっとためらってから、

「すまないが、いまはちょっと寝込んでしまっている。ショックでね」

「分かった。いや、無理に、というわけじゃないんだ。旅行先から、いつもどられたんだ？」

「きのうの夜だ。ひと晩泣き明かしてね」

「当然だろうな」

そのとき、電話が鳴った。関口は素早く立ち上がって行って、受話器を取った。

「関口だ。——ああ、きみか。——うん。——そいつはよくやったぞ。——じゃ、もう契約にかかるんだな？　——わかった、必要な金はすぐに送る。——ご苦労だった」

きびきびとした、快活な口調だった。中森はちょっと驚いて関口のようすを見ていた。

関口は電話を切ると、中森の視線に気付いて、

「冷たいやつだと思うだろうな。こんなときに商売の話なんかして」

「いや、べつに――」

「しかしね、こんなときこそ仕事に打ち込んでいないことにはやり切れなくなるんだよ。分かるかね？」

中森はうなずいた。

「分かるよ。――しかし、無茶はするなよ」

「ありがとう」

関口が礼を言った。――ドアが開いて、若いお手伝いの女性がコーヒーの盆を持ってはいって来た。

「ああ、ここへ置いてくれ。ありがとう」

「ほかに何か――」

「べつにない」

「失礼します」

その若い娘は軽く一礼して出て行った。

「ずいぶん若いお手伝いだな」

と中森が言った。

「うん。しかしよく働くんだ。――砂糖は？」

「いや、ブラックでもらう。ありがとう」

中森は熱いコーヒーを少し飲んだ。関口が何か気になるようすで、

「きみの用は、それだけかね？」

と訊いた。中森はそっとコーヒーカップをテーブルへもどして、

「実はひとつ教えておこうと思ってね」

「どんなことだ？」

「麗子さんは妊娠していた。知ってたか？」

関口は心もち青ざめたが、落ち着いた声で、

「いや、知らなかった」

と答えた。

「知っていればなんとかした」

「その点、母親は割合に気付くものだ。奥さんにも訊いてみたいんだが……」

「いまは困る。ただでさえショックで寝込んでるんだ。その上、そんな話を聞いたら……。家内もきっと知らないだろう。知っていれば昨晩そう言うはずだ」

「それはそうだな」

「じゃ、そのこどもの父親が怪しい、と……」

「第一候補だな。しかしだれだか分からんのでは逮捕しようがない」

「いまの若い連中のすることは分からんな」

と関口はため息をついた。

「あす、葬儀となれば、麗子さんの学校の友人も来るだろう。少し聞き込みをしてみるよ。男の名が分かるかもしれない」

「それはいい方法かもしれないな。——ところで中森」

「なんだ？」

「いまの……妊娠していたという話だが……」

「分かってる」

と中森はうなずいて、

「報道関係にはいっさいしていない。心配するな。漏れはしないよ」

「ありがとう。おれの立場など構わんが、麗子自身のためにかわいそうでな」

「しかし、どうも妙だな」

「何が？」

「妊娠初期だというのに、ドライブとはいささか無茶だよ」

「ふむ……」

関口はちょっと考え込んで、

「もしかすると、麗子自身、それに気が付いてなかったんじゃないのかな」

「まあ、それは考えられないことじゃない」

と中森もうなずいた。そしてコーヒーをゆっくりと飲みほすと、

「いや、悪いときに邪魔をしたな」

「もう帰るのか」

「仕事があるんだ。――じゃ、奥さんも十分気を付けてくれ」

「ありがとう。――夕方何時ごろ行けばいいのかな？」

「五時なら大丈夫だと思う。確認を取っておくよ」

「よろしく頼む」

中森と関口が客間を出ようとしたとき、また電話が鳴った。

「やれやれ。すまん、ちょっと待っていてくれ」

「いや、いいよ。ここで失礼するよ」

「そうか。すまないな」

と関口は言って、受話器を取り上げた。

「関口だ。――ああ、なんだ？――その件はこの前話し合いがついてたはずだぞ……」

娘を殺された悲運の父親から、実業家にもどった関口の声を背後に聞きながら、中森は玄関へ歩いて行った。

靴をはいていると、廊下に足音がした。なにげなく振り向くと、四十代の、いくらかやせた婦人が歩いて来る。地味な和服姿だった。中森に気付いて、ぎくりと足を止め、ちょっと引き返しそうにした。

「関口君の奥さんですね」

と中森は声をかけた。

「は、はい……」

「警察の者です。ご主人とは大学時代の知り合いで、中森と言います」

「はあ」

「このたびはお嬢さんがとんだことで」

「ありがとうございます」

「必ず犯人は捕《とら》えてごらんにいれます」

「お願いいたします」

「奥さんは麗子さんが付き合っていた男性をだれかご存じありませんか？」

関口夫人は困惑したようすで、

「あの……私は何も……」

と聞き取れないほどの声を出した。そこへ、背後から、

「何をしてるんだ、雪江《ゆきえ》！」

と厳しい声が飛んで来た。関口が足早に出て来ると、

「おまえは寝てなきゃいかん。医者にそう言われたろう」

「はい……すみません」

「寝室へ行っていなさい」

「はい。では……」

夫人は中森へ一礼して、逃げるように行ってしまった。

中森は関口邸を出ると、少し離れて駐車してあったパトカーへ乗り込んだ。

「どうでした？」

中で待っていた立川刑事が訊《き》くと、中森はむずかしい顔で首を振った。

「よく分からん」

「何がです？」

「何かを隠してるんだ。それははっきりしてる。奥さんに会わせたがらなかったり、娘が妊娠していたと聞いてもべつに腹を立ててるわけでもない。普通の父親の反応とはずいぶん違うよ」

「相手の男がだれなのか、知ってるんですかね？」

「たぶん、な」

「どうして知らないなんて、嘘をつくんでしょう？」

「それが分かりゃ、苦労はない」

と中森は苦笑いした。

「これからどうします？」

「あす、告別式がある。おまえ、そこへ来る被害者の友だちを当たってくれ。男を知らないか訊いてみるんだ」

「分かりました」

と立川はうなずいて、

「中森さんは何を？」

「おれか？――おれはちょっと気になることがあるんだ」

中森はひとり言のように、そう呟《つぶや》いた。あの関口夫人は、どう見てもいままで床についていたという感じではなかった。つまり関口は嘘をついてまで夫人と中森を会わせまいとしたのだ。なぜだ？――関口はいったい何を恐れているのだろう？

関口の身辺を洗ってみる必要がありそうだ。中森は走り出したパトカーの中で、そう考えていた。

「おい、柏木」

課長の西尾に呼ばれて、忠男はぎくりとした。

「は、はい!」

と慌《あわ》てて席を立つ。

「なんでしょう?」

「そう慌てなくてもいい」

西尾は手にしていた新聞を忠男の方へ向けながら、

「読んだか? この殺された娘は、この間うちで調べた、おまえの友だちとかいう男の恋人だろう」

「そ、そうですか……」

「そうですか、だと? おまえ、新聞も読んどらんのか?」

「いえ、そういうわけでは……」

「新聞によると、警察は被害者の交遊関係を当たっているようだ。おまえの友だちも危ないんじゃないか?」

「そんなことありませんよ」

忠男は無理に笑ってみせて、

「ああいう金持ちの娘ですから、大勢ボーイフレンドもいたでしょうし」

「しかし、警察発表のようすでは、まだ具体的に恋人のことをつかんでいないようだぞ。うちとしてはこの情報を警察へ教えてやってもいいが……」

忠男は慌てて、

「でも、それは依頼人の秘密でしょう？　それに依頼人は当の父親ですよ。こっちが言わなくても、父親が話してますよ」

「うん……、ま、それもそうだ。ほうっておくか」

忠男はほっとした。まるで信一のことを密告するような気がしていやだったのだ。

そこへ西尾のデスクの電話が鳴った。

「はい。——あ、これは関口さん！」

西尾の口調が急に愛想《あいそ》よくなる。

「はいはい。——ええ、もちろん承知しております。お嬢さまは誠にとんだことで、お悔やみ申し上げます」

としんみりした口調になる。

「は？　——ええ、それは——。はあ。——そういうことなら、もちろん……」

西尾は話を終えて受話器を置いた。

「なんの用件だったんですか？」

と忠男は訊いた。

「いや、例の調査の件だが、絶対に警察などへは知らせるな、というんだ」

「なぜです？」

「死んだ娘の名誉を守ってやりたい、というんだ。そんな妙な男に引っかかっていた、などと言われたくない、というんだな。——ま、それも親心かもしれん」

「なるほど。でも、警察に訊かれたらどうします？」

「答えるな。そんな調査をしたことも忘れろ」

「しかし——」

「いいんだ。それで料金の倍額をこれからまた別に振り込んで来るというからな」

「ファイルはどうします？」

「始末するさ」

西尾はあっさり言った。

「倍額料金には換えられんよ」

「はあ……」

金繰りに苦しむ貧乏探偵社だけあって、その辺のモラルはかなりいい加減である。

忠男は席へもどったものの、仕事は相変わらず進まなかった。なにしろきのう、殺されたばかりの死体と対面し、警官を殴るというとんでもない真似《まね》をしでかしたばかりである。到底、仕事などやっていられる状態ではない。

朝刊には『病気の女性殺さる』とあって、強盗に殺されたらしいと書かれていた。現場から逃走した男については、

『二十五、六歳、中肉中背の男』としか書かれていない。

これなら分かるまい、と忠男はいくらか胸を撫《な》で下ろしたのである。

その代わりに、今度は関口麗子殺しだった。そしてもうひとつ、広美のゆくえが知れないことが気になった。母親が殺されたというのに……。

忠男は一瞬、ぎくりとした。もし——もし、広美が母親を殺したのだったら？

「まさか！」

そんなばかなことが……。病気の母親を絞め殺すなどということが、広美にできるはずがない。あれは強盗だ。きっと強盗なのだ。

忠男は自分にそう言い聞かせた。

それにしても、関口麗子が殺され、広美の母親が殺され、広美はゆくえ不明。こんなに立て続けに事件が起きるとは。

——これは単なる偶然なのだろうか？　いや、むろん偶然としか考えようはない。

麗子の死と、広美の母の死の間につながりなどあるはずもない。

同じ絞殺ではあるのだが……。

忠男はふと、広美が信一の所にいるのかもしれない、と思い付いた。そして母親の死などまるで知らずにいるのかも……。

忠男は他の用にかこつけて外出すると、大急ぎで信一のアパートへ向かった。

「やあ、おまえか」

顔を出した信一は、のんきにニヤついていた。

「はいれよ」

忠男は信一の部屋へはいって、中を見回した。

「ひとりかい?」

「もちろんさ。妙なこと言うじゃないか」

と信一は笑って、

「おれが女でも置いてると思ったのか?」

「相川広美さんはここへ来なかったか?」

忠男の言葉に信一は面食らったようで、

「来てやしないよ。しかし、おまえ、どうして——」

「そんなことはあとだ。彼女の母親が殺されたんだぞ」

「なんだと? ——おい、冗談じゃないんだろうな」

「おれは冗談を言う性質《たち》じゃない」

「それもそうだな」

「全然知らないのか?」

「新聞ってヤツを取ってないもんだからね」

「それじゃ……おまえ、彼女が殺されたのも知らないのか?」

「広美の母親かい?」

「違う!　関口麗子だ。きみのパトロンだよ」

さすがに信一はあっけに取られた。

「なんだって?　麗子が——彼女が殺されたって?」

「そうだ。鎌倉の海岸で、ポルシェの中で死んでいたんだ。首を絞められてね。犯人はまだ捕まっていない」

忠男は上着のポケットから、折り畳んであった新聞を取り出し、信一の方へ差し出した。信一はひったくるように新聞を取って、記事を探し出し、眉《まゆ》を寄せて読んでいたが、やがてやや青ざめた顔で新聞を下に置いた。

「驚いたな!」

「警察は彼女の男友だちを捜してるらしいぞ」

「そいつはまずいや」

信一は首を振った。

「鎌倉へ一緒にドライブしたのは、このおれだものな」

「おまえ……。じゃ彼女が殺されたときは……」

「いや、向こうでちょっと喧嘩《けんか》をしてね。つまらないことでさ。なにしろ相手は気まぐれな令嬢だ。おれを置いて、さっさと車を飛ばしてどこかへ行っちまったのさ。おれは仕方なしに電車で帰って来たんだ」

「彼女はひとりだったのか？」

「そうだよ。少なくとも別れるときはひとりだった」

忠男は信一を信じた。信一は女性を手玉にとるのは得意だが、こういう嘘のつける男ではないのだ。

「しかし、柏木、おまえどうしておれの恋人のことを知ってるんだ？」

不思議そうな信一へ、忠男は一部始終を話して聞かせた。探偵社へ勤めて信一を調べに来たこと、広美と偶然に知り合ったこと、広美が妊娠していたことも……。

「じゃ、おれのことを調べた探偵ってのは、おまえだったのか？」

「そうだよ。悪いと思ったんだが」

信一は愉快そうに笑って、

「いや、構わないさ。商売とありゃ仕方ないよ。――そうか、広美のやつとも、ね。あいつ、こどもができてるなんて一言も言わなかった」

「おまえの反応が怖かったんじゃないのかな」

と忠男は言った。

「彼女、産みたい、と言ってたよ」

「無茶なやつだな！」

「おまえ、全く知らなかったのか？」

「もちろんさ。分かってれば医者へやって堕《お》ろさせたよ」

冷たい言い方だが、信一が言うと、どことなくあっさりしていて、なぜか腹が立たない。

「広美さんはどこへ行っちまったんだろう」

「さあね。――そう行く所もないはずだがな」

「どうも気になって仕方がないんだ。母親が殺されたっていうのに……」

「おまえ、ずいぶん広美のことを気にするじゃないか」

信一が冷やかすように言った。

「さては気があるのか？」

「変なことを言うな！」

忠男は信一をにらんだ。

「分かった。冗談だよ。――それにしても困ったな」

「何を困ってるんだ？」

「いや、金づるがなくなっちまった。代わりを見付けるのが大変だよ」

忠男は怒る気にもなれず、苦笑いした。信一という男は全く正直なのである。

「じゃ、また来る。広美さんがもし来たら——」

「分かってる。おまえへ連絡するよ」

忠男は名刺を信一へ渡して、信一のアパートを出た。広美はここにも来ていない。いったいどこへ行ってしまったのだろう？

忠男が歩いて行く後ろ姿をひとりの男が見送っていた。そして忠男の姿が見えなくなると、男の視線は、信一の部屋へと向けられた。

## 5　葬儀の後

立川刑事はあくびをかみ殺した。——葬式であくびとはいささか不謹慎だが、仕事となれば葬式も結婚式も同じである。

さすがに関口のひとり娘の葬式とあって、なんの騒ぎかと、ただの通りがかりの人まで思わず足を止めるほどの客だった。

外車がズラリと道に並び、受付の人数だけで十人を下らない。このほかに新聞やテレビの報道人も姿を見せているので、さしもの広い玄関前もごった返しているような印象だった。

立川はべつに焼香しに来たわけではないので、門から少し離れた所に車を止めて、葬儀へやって来る客を眺めていた。下手《へた》に記者などにつかまると、しつこくあれこれと訊《き》かれるに決まっているので、できるだけ目に付きたくなかったのだ。

立川の役目は、殺された娘の友人から、彼女のボーイフレンドについての情報を仕入れることである。しかし、客が多い割には、ほとんどが父親の事業関係の人間らしく、肝心の娘の友人らしい学生の姿はさっぱり見えなかった。

「やれやれ……」

いい加減うんざりしはじめたころ、やっとそれらしいふたり連れがやって来た。同年輩――十八、九の女の子で、一応ちゃんと黒いワンピースを着ているのが、いかにもいい家の娘という印象である。

はいって行ってから三十分ほどしてふたりは出て来たが、ハンカチでしきりに目を押さえている。現代っ子はドライとはいえ、葬式などというムードには割合弱いものなのである。――立川は車を出て、ふたりの方へ歩いて行った。

「ちょっと失礼」

と声をかけると、ふたりの娘はなんだか柄《がら》の悪いセールスマンでも見るような目付きで立川を眺めた。

「なんでしょう？」

ふたりのうち、背の高い、ほっそりした方の娘が突っけんどんな調子で訊いた。

「ぼくは警察の者で――」

立川は警察手帳を見せて、

「麗子さんが殺された事件を調べてるんだけど。きみたち、麗子さんの友だち？」

ふたりの娘は安心したように表情を和《やわ》らげて、うなずいた。

「高校からの仲よしなんです」

と小太りな感じの娘が言った。

「同じ大学？」

「私はそうです」

と背の高い娘が言った。

「麗子さんを殺した犯人をぜひ捕まえてやりたいんだ。協力してくれるかい？」

ふたりの娘は目を輝かせてうなずいた。友人が殺されたのは悲しいが、警察の捜査に協力できるというのは、この年齢の娘にはワクワクする出来事にちがいない。立川はその辺を心得ていた。

「きみたちも知ってると思うけど、犯行の動機は一応恨みと通り魔的な犯行とのふたとおり考えられているんだ。もし恨みだとすると、どうだろう、きみたち、彼女を恨んでいた人間を知らないかなあ？」

　ふたりの娘は困ったように顔を見合わせた。

「べつにきみたちがそう言ったからって、すぐにだれかを逮捕したりしないから大丈夫だよ。それにきみたちから聞いたということもけっして言わない。どうかね？」

　背の高い娘が、ためらいがちに口を開いた。

「麗子は……ともかく派手な性格だったんです。ポルシェを乗り回すし、金づかいも荒いし。あんまり他人の気持ちのことなんか考えないたちで。でも、だからってきらいだったんじゃありませんよ。いい友だちでした。でも……」

「うん、よく分かるよ」

　と立川はうなずいてみせた。

「だれか特定の人を傷つけるようなことは？」

「さあ……。喧嘩《けんか》ぐらいは私もしたけど、殺そうと思うようなことは……ねえ？」

　ともうひとりの方を見る。

「そう。そんな人はいなかったと思うわ」

　と小太りな方が同意する。

「男の友だちはいた？」

「いた、どころか……」

と背の高い娘がクスッと笑って、

「ともかく次から次で、会うたびに相手が変わってるんです」

立川はため息をついた。その全部を洗い出すのは大変だ。

「でもさ、最近は決まってるのがいたみたいじゃない？」

ともうひとりの娘が言った。

「ほら、いつか銀座《ぎんざ》でひょっこり会ったときに——」

「ああ、そうね。何かちょっとやさ男で、あんなのどこがいいかと思ったけど」

立川は手帳を取り出した。

「その男のことを聞かせてくれる？」

「ええ。……でも、よく知らないんです。一度そのときに見かけたきりで。その次、彼女に会ったときに冷やかしたら、『いま、あの人にイカレてるの』って言ってました。——割と彼女本気だったみたい」

「そうね、けなすとむきになって怒ったりしてね」

「どんな男だった？」

「なんだか、大学生って言ってたけど……」

「怪しいわね。ちょっとヒモみたいな感じで」
十八、九歳の娘にしては大した口のきき方である。しかし、そんなことに感心してはいられない。

「名前か何か聞かなかった?」

「聞いたような気もするけど……。三田《みた》とかなんとか」

「そんな名だっけ?」

「私、慶応《けいおう》のこと連想したの、覚えてるのよ。三田……じゃなくて……似たような名だったけど……」

立川は粘ってあれこれ名前をあげてみたが、ついに思い出させることはできなかった。

「じゃ思い出したらここへ」

と名刺を渡し、ふたりの名前と住所をメモした。

「ほかにも友だちは来るんだろう?」

「と思うけど、結構みんな冷たいから」

「そんなもんかね」

「こんなよそ行きの式じゃね。泣いてる人なんかいやしないんだもの。なんだか商売の話ばっかりしてて」

「それにあの写真もひどいわね」

「写真?」

「黒いリボンをかけた写真」

と背の高い娘は不服そうに、

「いったいいつのかしら？　ずいぶんぼけてて、あれじゃだれだかわからないわ」

「白黒の写真ってのはいま、あまり撮らないからね」

と立川は言って、手帳をポケットにしまい込んだ。

「いろいろありがとう。参考になったよ」

「いいえ」

と会釈《えしやく》して、ふたりは歩きかけたが、

「あら！　あの人だわ！」

と足を止めて、同時に言った。

「え？」

「さっき話した男の人。あそこに歩いて来る人です」

立川は、ふたりが指さす方を見た。二十歳ぐらいの若者が、茶のブレザーを着て、ポケットに手を突っ込み、ぶらぶらと散歩でもするように歩いて来る。——なるほどふたりの言葉ではないが、ヒモのタイプの男である。ちょっと甘ったるい二枚目風だ。

「確かにあの男？」

「ええ、同じ服だし。まちがいありません」

「ありがとう！」

立川は男の方へ大股《おおまた》に歩き出した。

信一は、べつになんというつもりもなしに、ここへやって来たのだった。どんな葬式か、麗子の棺《ひつぎ》を陰ながら見送りたいとか、そんな殊勝な気持ちではない。どんな葬式か、見物してみよう、といった気分だった。近付いてくる男が刑事だと思い付いたのは、ちょっと遅すぎた。考えてみれば、警察は麗子と一緒にドライブした男を捜しているのだから、当然ここにも待ち受けているはずだった。

しまった、と思ったときは、その刑事らしい男が、

「きみ、ちょっと——」

と声をかけて来た。——信一はやおら逃げ出した。

「待て！　おい！」

立川は一瞬、棒立ちになった。まさか逃げ出すとは思わなかったのである。そんなそぶりが全くなかったので、安心していたのかもしれない。

「畜生！」

立川もあとを追って駆け出した。むろん、それほど遅れたわけでもなく、足は鍛えてあるのだから、追い付くのは容易なはずだった。

しかし、信一は元来が運のいい男で、何をやっても巧《うま》くいく、というところがある。

その幸運はここでも彼を見捨てなかった。踏切の警報器が鳴って、遮断機がゆっくりと降りはじめている。信一はその下をかいくぐって、踏切を突っ切った。立川も、電車に遮《さえぎ》られずに渡れるタイミングで走って来たのだが、ちょうど横あいから出て来たこどもの自転車にまともにぶつかってしまったのである。

派手な音を立てて自転車が横転し、乗っていたこどもが投げ出されて大声で泣き出した。立川も足を取られて転倒し、やっと起き上がったときは、目の前を電車が通り過ぎて行くところだった。

「くそっ！　あの野郎……」

くやしげに呟《つぶや》いたが、どうしようもない。やれやれ、中森さんに叱られるな、と思って憂鬱《ゆううつ》になった。おまけにこどもはひざをすりむいて甲高《かんだか》い声で泣きわめいているし、自転車はライトが割れてしまっている。

通行人の非難の視線を浴びながら、立川はため息をついた。

信一は逃げ切ったものの、元来が運動不足である。すっかりばててしまった。

「ああ、畜生！　……参ったな」

どうして逃げ出したのか、自分でもよくわからない。たぶん、やっかいなことに巻き込まれたくないという気持ちで、つい走り出してしまったのだろう。

落ち着いてから考えてみると、さすがに、逃げたのはかえってまずかったかな、という気もする。自分から進んで疑われているようなものだ。しかし、いまさら悔やんだってはじまらない。やっちまったことは取り返せないのだ。

さて、どうしたらいいか……。

全くのんきな話であるが、信一はやっと真剣に自分の立場を考えはじめた。

警察は麗子と一緒にドライブした相手を捜している。信一はつまり第一の容疑者というわけだ。むろん何もしていないのだから恐れることはない——と理屈ではそうだが、信一も自分のような人種が警察の人間の目に善良なよき市民と映らないことはよくわかっている。

信一はアリバイがない。途中で麗子に置いてけぼりをくったといっても、それを知っている者はないし、ひとりで電車でもどって、アパートへ帰って寝てしまったのだから、こんな頼りがいのないアリバイもないわけだ。

一方、警察にしてみれば、信一が怪しいと見る理由はいくらもある。何しろ信一は麗子からこづかい銭をもらって暮らす身分だったわけで、それでいてもうひとり恋人を別に作っていた。それを知った麗子が逆上して、ふたりで喧嘩《けんか》となり、ついカッとなって……と警察では考えるだろう。

信一のことをよく知っていれば、そんなことをする人間でない——というよりできるはずがないことは分かるだろうが、それを警察に求めるのは無理というものだ。おまけに刑事の姿を見て逃げ出した。正《まさ》にだめ押しの一点ってところだ。

喫茶店へはいってコーヒーを飲みながら、信一はこれからどうしたものかと考えていた。しかし、ともかく真面目《まじめ》に考えるという習慣のない男なので、すぐに疲れてしまう。

そういえば広美はどうしたのだろう？　母親が殺されたというのに、姿をくらましてしまうとは、柏木ではないが彼女らしくないことだ。

「こういうときにおれをかくまってくれるのが恋人ってもんだ……」

などと勝手なことを言って、ふと広いガラス窓の外へ目を向け、信一はおや、と思った。――通りの向かい側に、男がひとり、立っている。べつに信一の方を見ているわけではないのだが、なんとなく気になる。

だれかを待っている、というふうでもなく、ただタクシーでも探しているような感じで、道に立っているのだ。しかし、空車が通っても、べつに止めるわけでもない。

刑事か？　しかし、それならあんな所で待ってなどいないだろう。

グレーの背広に、紺のネクタイをしめて、見かけは平々凡々のサラリーマンだが、中身はとてもそんなものじゃなさそうだ。信一は直感的にそう思った。考えるのがきらいな分だけ、信一の直感は当てになるのである。

三十二、三歳といったところだろうか。ほっそりとしてはいるが、信一のように頼りなげではなく、引き締まった、運動選手のようなからだつきという印象だ。あまり特徴のない顔で、一度や二度見ても、どんな顔と説明できないだろう。どことなく薄気味が悪い。
「気のせいかな……」

と自分に言い聞かせるように呟く。——そんなことより、これからどうするかだ。

柏木の話では、麗子の父親関口はもう信一のことを知っているはずだ。考えてみるとどうも不思議だ。関口は麗子とドライブに行ったのが信一だということは分かっている——いや、はっきりとは知らなかったにせよ、おそらく信一だろうと想像はつくはずだ。それなら、信一のアパートも分かっているのだから、警察へそれを話せば、とっくに信一は捕まっているにちがいない。

それがいまでも信一はこうして自由である。——娘の死で動転してそんなことを思い付く余裕がないのだろうか？　いや、警察の方で、それはしつこく訊《き》き出しているはずだ。

信一はポケットを探って、忠男の名刺を取り出すと、店のカウンターの公衆電話から電話をかけた。

「柏木さんを。——あ、おまえか。水田だよ。ちょっと困ってんだ。会えないかな。

——え？——いやアパートへもどるのもちょっとヤバイようだしな。——いや、いろいろあるんだ。——じゃ頼むよ。——よし、六時だな。待ってるよ。——え？ 広美？ いや、何も連絡はないぜ」

「そうか」

忠男はゆっくりと受話器をもどした。——水田のやつ！ もうまるで広美のことなど気にもしていない。ああいうやつなんだから仕方ないが。

忠男は、広美に水田と麗子のことをしゃべってしまったのを後悔していた。むろん広美のことを思っての行為だったのだが、それが今度の事件のきっかけを作ったのかもしれないという気がしたのである。

麗子が殺され、広美が姿を消し、広美の母が殺された。これはいったい、どういうことなのだろう？——まさか、広美が犯人だとは思えないが。といって水田はそんなことをする男ではない。

「おい柏木」

課長の西尾に呼ばれて、

「はい」

と席を立って行く。

「なんでしょうか？」

「おまえ、関口石文の屋敷を知っているか？」

「関口石文って──あの──」

「そうだ。例の依頼主だ」

「いえ、家は知りません」

「そうか。こいつが住所だ。捜して行け」

とメモを渡した。

「なんの用です？」

「おれが知るか！　向こうが新しい仕事を頼みたいんだそうだ」

「この間の仕事と関係あるんでしょうか？」

「関口に訊け。──向こうは、おまえに来てほしいと言っとる」

「ぼくにですか？」

「そうだ。この前、娘の男友だちの調査を担当した者、というご希望だ」

「……わかりました」

いったいどういうつもりなのか……。こんな新米を。

「じゃ行って来ます」

「まだ早い」

「は？」

「今夜九時という指定だ」

「九時ですって？　どうしてそんなに遅く――」

「向こうはきょう、娘の葬式だ。何やかやと人が出入りするらしいからな。それくらいの時間ならだれもいないということだ」

「はあ……」

忠男はわけの分からないままにうなずいた。

「何しろ払いのいい上客だ。失礼のないようにするんだぞ。いいな？」

「分かりました」

忠男は席へもどった。――娘が死んでしまったいま、いったい何をさせようというのだろう？　それもわざわざ忠男を指名して来るとは。

忠男は、どうも仕事が手につかなかった。

「おい、遅いじゃないか」

と忠男は店にはいって来た信一へ文句を言った。

「もう七時だぜ。一時間も遅刻だ」

「尾《つ》けられてるんだ」

席にすわるなり、信一は言った。

「なんだって？」

「昼間からずっと尾行されてるんだよ」

さすがにのんきな信一も、ちょっとイライラしているようすだ。

「だれなんだ、相手は？」

「知らないよ。ともかくスッポンみたいにしつこくて離れねえやつなんだ」

「いまもいるのか？」

「ああ。表に立ってるはずだ」

信一は入口の方へ背を向けてすわっていた。

「見てみろよ。表に、グレーの背広、紺のネクタイの男がいるだろう？」

忠男は信一の肩越しに外を見た。――なるほど、そのスタイルの男が、店の真向かいに立って、週刊誌を広げている。

「ああ、いるな。でも、どこにでもあんなのはいるぞ。別の人間をまちがえてるんじゃないのか？」

「違うよ！　絶対にあいつなんだ」

信一がこんなに断定的にものを言うことは珍しい。忠男も信じる気になった。

「分かった。――何者かな？　警察？」

「違うと思うな」

「なぜ分かる?」

「警察のやつなら、きょうまいてやったばかりだからさ」

信一は、麗子の葬儀に行って、刑事に追いかけられた一件を話して聞かせた。

「あきれたな! 犯人でございますって言うようなもんじゃないか」

「そう言うけどな、とっさの場合、つい逃げたくなるのは人情ってもんだぜ」

忠男の方も、広美の母が殺されていた現場から逃げ出して、いわば同罪だったから、信一の言葉に異議は唱えなかった。

「それで困ったことっていうのは、あの尾行してるやつのことなのかい?」

「いやいや、そうじゃない」

と信一は首を振って、

「帰るにもアパートはやばそうなんでな、おまえの家に泊めてくれないかと思って」

「ええ? どうしてアパートはまずいんだ?」

「だって、例の関口っておやじさんは、おれのことを知ってるわけだろう。警察へだって当然知らせてるだろうし……」

「いや、それはないようだ」

「どうして?」

忠男は関口が、信一に関する調査内容をけっして口外せず、廃棄してしまうように言って来たことを話してやった。

「ずいぶん妙な話だな。そうじゃないか？」

「まあ、確かにね」

「普通なら、進んで警察へ申し出るだろう。娘の敵《かたき》なんだからな。それをわざわざ口止めするとはね」

「ただ娘の名誉を守るためだとだけ言ったらしいよ」

「信じられないな。──何かこいつは裏があるんだぜ」

「どんな？」

「おれに分かるわけないだろ」

信一は肩をすくめて、

「どうもこいつは、まともな事件じゃなさそうだな」

忠男は苦笑いした。信一が何やら探偵ぶっているのがおかしかったのだ。

「それじゃまあ、アパートへもどっても大丈夫なのかな」

「そんなに心配なら、今夜だけでも、どこか安いホテルへ泊まったらいいじゃないか」

「それもいいな。一泊いくらくらいなんだ？」

「ビジネス・ホテルなら、四千円ぐらいから泊まれるよ」

「じゃちょっと貸してくれよ。すまないな」

忠男は、変なことを言っちまった、と後悔したが、あとの祭り。

しぶしぶ五千円を財布から抜いて信一へ渡した。

「あのおともはどうするんだ？」

と忠男は表の男の方へ目を向けながら訊《き》いた。

「まだがんばってるぜ」

「おまえ、探偵だろ。こんなとき、どうやったらいいのか教えろよ」

「こっちは尾行するのが商売だ。尾行をまく方法なんか習ってないよ」

「やれやれ、しようがねえな。じゃ、こっちでなんとかするよ」

「頼むよ。ぼくはこれから仕事なんだ」

「いまから？」

「そう。貧乏暇なしでね」

「おれは貧乏だけど暇はあるぜ」

と信一は真面目くさって言った。——忠男もさすがにいまから関口の家へ行くのだとは言わなかった。その程度の職業意識は持ち合わせている。

ふたりは喫茶店を出ると、駅前の広場を歩いて行った。

「ついて来るか？」

「決まってるさ」

と信一は後ろを振り返りもしない。

「きっと男装の美女で、おれにほれてるんだ」

信一の軽口には取り合わず、忠男は駅前のバスターミナルに並んだバスの方を眺めていたが、ふと思い付いて、

「おい。あのバスがもうすぐ出る」

「ええ？　――飛び乗るのか？」

「違う！　乗ったように見せかけるんだ。ほら、乗車口は向こう側だから見えない。走って行って乗車口の方へ回り、それから隣のバスの陰へ隠れるんだ。きっと乗ったと思うぞ」

「そいつはいい！　さすが探偵さんだなあ」

「調子のいいことばかり言って。じゃ、がんばれよ。ぼくはあっちへ行く」

「ああ。借りた金、そのうち返すからな」

「いつでもいいよ」

実際のところ、金が返って来るとは思えないのだが、それでも信一には腹が立たない。なんとも得な男である。

――忠男と別れると、信一はバスが出そうなのを見て、一気に駆け出した。バスの後ろを回って乗車口へと走り、そのまま反対側へ曲がって、隣のバスの陰へ飛び込む。

さて、これで巧《うま》くまいたかな……。じっとしていると、バスが静かに走り出して、カーブを切り、視界から消えた。

隠れていたバスの陰からそっと顔を出してみる。――グレーの背広の男は見当たらなかった。ざまあ見ろ！　いまごろあのバスの中を、捜し回っているにちがいない。

信一は意気揚々と歩き出した。さて、ビジネス・ホテルというやつはどこにあるのかな……。

グレーの背広の男は、間隔を保って信一のあとを尾《つ》けて行った。信一が気付かなかったのは、男が薄いブラウンのレインコートを上にはおっていたせいであった。

## 6　顔のない女

忠男は客間へ通されたものの、気おくれがして、そわそわと立って歩き回っていた。何しろ自分の家や、そのほか知っている家々とは桁《けた》違いの大邸宅である。ゆっくり寛《くつろ》げという方が無理だろう。

三十分以上、待たされた。九時に遅れてはならない、と、早目に着いていたが、それでもう十五分以上九時を過ぎている。若いお手伝いの娘にここへ通されたまま、物音ひとつするでもなく、話し声ひとつ聞こえるでもない。

「いったい何をしているんだ……」

ついいらいらと口に出して呟《つぶや》いたとき、ドアが開いた。

「やあ、待たせてすまん。何しろ葬式のあとというのは、何かと片付けねばならんことが多くてな。来客もそうそうむげに追い帰すわけにもいかん。やっと終わったよ。——まあ、すわって楽にしてくれたまえ。いま、何か飲み物を作らせる」

忠男はポカンと突っ立っていた。——関口が現われたら、まず、

「このたびはお嬢様がとんだことで、お悔やみ申し上げます」

と述べようと思っていたのだ。それが……はいって来たのは、五十がらみとはいえ、まるで青年のようにきびきびした動き、快活といってもいいくらいの口調……。およそ娘を亡くして悲嘆にくれる父親というイメージではなかったのだ。

「どうした？」

忠男がぼんやりしているので、関口は不思議そうな顔で訊いた。

「い、いえ、べつに……」

「何を飲む？　時間外だからアルコールでもいいだろう」

「いえ、あまりいけないもので。……コーヒーか何かで結構です」

「そうか」

関口は電話の内線でコーヒーをふたつ、と言い付けると、ソファーへ腰を下ろした。

――上等なカーディガンを着ている。これも、娘が死んだにしては、一風変わった服装である。

「きみの名前は？」

「はい――柏木と申します」

「柏木君か。娘の件であれこれ調べてもらってありがとう。よくやってくれた」

「いいえ、とんでもありません」

「実はひとつ頼みたいことがあってね。だれにするかと迷ったんだが、きみはすでにいい実績を示してくれている。そこでもう一度きみの手をわずらわせたいと思ったんだ」

「どうも恐縮です」

あまり学校でも会社でも賞《ほ》められたことのない忠男は、すっかり面食らった。いったい、本気で言っているのかしら、と疑いたくなったほどである。しかし、どうも皮肉で言っているのでもなさそうだ……。

しかし関口は実業界でも大物ということになっているらしい。大物ともなれば、人を見る目というものを持っていなければなるまい。その目が忠男を高く見ているとしたら……。どうも大人物ってのも当てにならない、と忠男は思った。

「どういった仕事でしょう？」

「まあ、いわゆる探偵社の普通の仕事とはちょっと毛色の変わった仕事だ」

と関口は言った。

「むろん料金はそれなりのものを出す。きみを見込んでのことだがね」

「できるだけご期待に添いたいと思います」

「きみに、ある人間を送って行ってもらいたい」

「送る、と言いますと……」

「送り届けるのだ。具体的に言うと、この邸《やしき》から、九州までだ」

「九州。——すると飛行機か新幹線ということですか？」

「鉄道、飛行機、船といった類《たぐい》のものは使えない」

忠男は何がなんだか分からなくなって来た。

「使えない、とおっしゃいますと……？」

「あとできみにも分かるよ」

「しかし、それじゃどうやって九州まで——」

「車だ。きみは免許を持っているだろうな？」

「もちろんです」

「では結構。車は私の方で用意する。きみはその人間をまちがいなく九州へ送り届ければいいのだ」

「はあ……」

どうにも釈然としない話である。関口は、質問しようと口を開きかける忠男を抑えるように、

「断っておくが、これは大変にデリケートな仕事なのだ。だからこそ、わざわざこんな時間に来てもらった」

「つまり、人目をはばかる……」

「ある意味ではそうだ」

忠男はためらった。どうもこの仕事には、怪し気なところがある。えらく謎めいていて、下手《へた》をすれば知らないうちに違法行為の片棒をかついでいることにもなりかねない。

関口はまるで忠男の心中を見すかしたように、

「しかし、何か妙な犯罪を手伝わされるんじゃないかといった懸念《けねん》はいらない。これはけっして違法なことではない。私が保証する」

そう言われては、それ以上追及するわけにも行かない。

「どうだね。やってもらえるか?」

「はあ……。一応あす、上司と相談しまして、その上で——」

「その必要はない」

と関口は遮《さえぎ》った。

「ですが——」

「私はきみにこの仕事を頼みたいのだ。きみの勤めている探偵社に頼むのではない。きみが承知なら、おそらくきみの上司は何も言わんと思うが、違うかね？」

忠男も、関口の言うとおりだと認めざるを得なかった。西尾課長は、特別料金を払うと言われれば、忠男を戦場へだって行かせるにちがいない。

「わかりました」

と忠男は諦《あきら》め半分でうなずいた。

「承知してくれるね？」

「はい」

「そいつはうれしい！」

そこへ、コーヒーが運ばれて来た。

「それで——」

と忠男はコーヒーを飲みながら訊《き》いた。

「だれを九州までお連れすればいいんですか？」

「それはあとで紹介する」

「いつ出発するんですか？」

「今夜だ」

関口はこともなげに言った。


なかなか快適だな。

信一はビジネス・ホテルのシングルルームにはいると、部屋の中を見回して思った。安い部屋だから、さぞかしオンボロだろうと思うと、こぎれいなベッドと机もあり、バス・トイレ付きの、なかなかしゃれた部屋なので、びっくりした。

こういうホテルは低料金の代わりに、サービスは徹底的に省いて、人件費を安く抑えているのである。

勤めたことがあるわけではないから、むろんビジネス・ホテルなどというのも初めてで、信一はベッドへ横になって軽く口笛を吹いた。

「こんな部屋にずっと住むのも悪くないな」

などと勝手なことを言っている。

「そういえば腹が減ったな……」

昼からあと、何も食べていない。起き上がった信一は、ホテルの案内パンフレットを見て、一階に食堂があるのを見付けた。

「よし、じゃたまにはひとつホテルで食事、と行くか」

麗子と付き合っている間は、ずいぶんぜいたくな食事に付き合わされて、それでも払いは向こうだから文句も言えず、ちょっと閉口したものだが、自分ひとりのときは、いたってつつましい、というよりみすぼらしい食事なのである。

信一はキーを手にすると、部屋の明かりを消して廊下へ出た。鍵《かぎ》をかけ、エレベーターで一階へ下りて行く。

信一の姿がエレベーターに消えると、それまで廊下の曲がり角からようすをうかがっていた、グレーの背広の男がゆっくりと姿を現わした。

男は素早く信一の部屋のドアへ近付くと、左右を見回してから、ポケットから取り出したヘアピンのような細い金属を鍵穴へ差し込み、一分足らずのうちに、あっさりと鍵を開けてしまった。

男は素早く、影のようにドアの中へと滑り込み、ドアは元のとおり、静かに閉じられた。

柴山《しばやま》は、ホテル荒しのベテランである。この道、すでに十年になる。捕まったのはたった一度、忍び込む部屋の番号がかすれてよく読めず、まちがって、こともあろうに出張して来ていた刑事の部屋へはいり込んだときだけであった。

柴山がビジネス・ホテルを狙うのは、よほど不景気なときか、でなければからだのコンディションの悪いときである。きょうの場合はあとの方であった。ひどい二日酔いだったのだ。

しかし、いくらコンディションが悪いとはいえ、その道のプロである。一階のレストランで、定食を食べながら、目は油断なくほかのテーブルをうかがっていた。

絶好の獲物を見付けたのは、食事も終わって、ほとんど諦めかけていたやさきだった。——学生としか見えない若者が、ひとりで、柴山と同じ定食を食べはじめていた。

部屋のキーは、テーブルの隅に押しやられ、若者の目から、ちょうど死角になっている。なくなってもすぐには気付くまい、と柴山は思った。

よし、あれだ。まあ、あまり金はないかもしれないが、いや、かえっていまは学生の方が金を持っているとも聞く。狙っても損はあるまい。

柴山は、そばに置いた畳んだ新聞を手にして席を立った。わざと少し出口へ遠回りをして、その若者のテーブルの傍《そば》をすり抜けようとして、ふっと足がよろけ、

「おっと、失礼!」

と若者のテーブルに手をついた。

若者はべつに迷惑そうでもなく、チラリと柴山の方へ目を向けただけだった。

「いや、どうも失礼を……」

柴山は頭を下げて早々に出口へ急いだ。小脇にはさんだ新聞紙の間には、あの若者の部屋のキーがはいっている。

柴山は食堂を出るとエレベーターへと急いだ。万一、すぐに気付かれたら厄介《やっかい》だ。手早く片付けるに限る。

部屋番号は〈七〇三〉だった。柴山はエレベーターで七階へ上った。〈七〇三〉はエレベーターのすぐ近くだった。こいつはいいぞ。きょうはツイてる。柴山はなんとなくそんな気がしていた。だが、それはまちがっていた。

――信一が、ホテルのフロントの男と一緒に上って来たのは、三十分近くしてからだった。

「よくやられるんです。常習《と》のホテル荒しが結構多いものですから」

「そうか。でもおれは何も盗られるものはないからな」

と信一は笑って、

「さぞかしホテル荒しもがっかりしただろうぜ」

フロントの男は、手にしたマスターキーをドアへ差し込んだ。

「やはり鍵が開いてますよ」

「そうか。やれやれ、ご苦労さんだな」

ふたりは部屋へはいり、明かりをつけた。そして、そのまま入口の所で凍りついたように動けなくなってしまった。

目の前に、男が倒れている。うつ伏せになって、背中がぐっしょりと血で濡《ぬ》れている。

「こ、これは……大変だ！」

フロントの男は真っ青になっている。

「け、警察を呼びます！　あ、あなた、ここにいてください！」

慌《あわ》てふためいて、フロントの男はエレベーターで下へ降りて行った。

信一は、しばしポカンと突っ立っていたが、やがて我に返ると、どうやら事情が呑《の》み込めて来た。

「あいつだ！」

あのグレーの背広の男だ。きっとそうにちがいない。ここまで信一をつけて来ていた。そして彼がもどるのを待ち受けていたのだろう。そこへ運悪く、このホテル荒しがご入来《にゅうらい》。

暗かったので、人違いと気付かないうちに、後ろからブスリか、ズドンか、それは分からないが……。

このホテル荒しが、いわば身代わりになって殺されたわけである。

「お気の毒さま。成仏《じょうぶつ》してくれよ」

信一は呟《つぶや》いた。さて、どうすればいいか。このまま残っていては、警察の尋問やら何やらに答えなければならない。当然警察の方としても信一が殺されるはずだったことは見抜くだろうし、そうなると、理由の説明がますます面倒である。

面倒なことは避けるのが信一のモットーだ。フロントの男がもどって来ないうちに、姿をくらますに限る。

死体の番など、もともとつとめる気はなく、信一は非常口と書いたドアから、非常階段へ出て一階へと足早に駆け下りて行った。

「どうしておれの命なんか狙うんだろう?」

信一は、いくら考えても分からなかった。


「どうしても今夜出発しないといけないんですか?」

できるだけ恨みがましい口調を出すまいと努めながら、忠男は言った。

「事態は急を要するのでね」

と関口は言った。

「わかりました」

こうなっては諦《あきら》めるほかはない。忠男はひとつ息をついて、

「じゃ、その、送り届けるかたにお目にかかりたいんですが」

「こっちへ来てくれたまえ」

忠男は関口のあとについて、客間を出ると、二階へと上って行く。階段もゆるやかで、およそ、アパートの階段などはハシゴと呼びたくなって来るほどだ。

「ひとつ言っておくことがある」

「なんでしょう？」

ひとつどころか、もうふたつも三つも条件だらけじゃないか、と言いたいのをじっと抑える。

「相手はきみと一言も口をきかないかもしれない。きみもけっして無理にしゃべらせようとしてはいかん」

「どうして口をきかないんです？」

と忠男は驚いて訊《き》いた。

「それも訊かないことだ」

と、これではまるで話にならない。

「ここだ」

関口は二階のドアのひとつを開けて、忠男を促《うなが》した。

「失礼します」

忠男が部屋へはいると、薄暗い部屋の奥にポツンと明かりが灯《とも》って、椅子《いす》にすわっている女性の後ろ姿が見えた。

「その女性を九州まで送ってもらう」

と関口が言った。

「はあ……」

向こうは口をきかないかもしれないが、一応こっちは挨拶《あいさつ》ぐらいしておくべきだろう。

「柏木と言います」

と声をかけると、向こうを向いていた女性はそろそろと顔をめぐらせた。

忠男は、一瞬、目を疑った。これは……何かの冗談なのか？

その女性は顔を包帯でグルグル巻きにしていた。そしてサングラスで目を隠している。――ちょうどテレビや映画の透明人間そっくりだ。

「あ、あの……これは……」

思わず関口のほうへ振り返る。しかし、あらかじめ言われていたことを思い出し、口をつぐんだ。――何も訊かないこと。ただ黙って、九州までこの女性を運んで行けばいいのだ。

しかし分からない。顔に火傷《やけど》でもしているのだろうか？　それに、この女はだれなのだ？　確か麗子はひとり娘だったはずだ。この家にいったいだれが？

「さあ、柏木君、下へ行こう。車の用意をさせる」

と関口がきっぱりした口調で言った。――忠男は素直に部屋を出たが、ドアを閉めるときにチラリと見ると、包帯の女性は忠男を見送っているようだった。

「驚いたかね？」

「いささか……」

「だが言っておくぞ。よけいな好奇心や興味をいだいてはいけない。きみの役目は、ただあの女性を九州へ運ぶだけなんだ」

「承知しています」

「それなら結構」

ふたりが客間へもどったとき、若い娘が現われて、

「お客様です」

と告げた。関口は眉《まゆ》をひそめ、

「こんな時間に？　いったいだれだ？」

「おれだよ」

と声がして、やはり五十がらみの男がはいって来た。忠男は、なぜか関口が一瞬はっと息を呑んだのを見た。しかし、すぐにいつものようすにもどった。

「中森！　よく来たな！」

「こんな時間にすまないね」

「いや、構わん。──ああ、こちらは中森刑事。大学の同期でな。今度の事件を担当してくれている。──これは柏木君と言って……」

「初めまして」

忠男は中森へ名刺を出した。

「ほう。探偵さんか」

関口が言いわけをするように、

「実は娘のボーイフレンドのことをね、調べてみてもらおうと思ったのさ。いまさら手遅れだがね」

「その必要はないよ」

と中森は言った。

「どういうことかね？」

「目星がついた」

「犯人の？」

「いや、犯人かどうかは分からん。ただ娘さんの付き合っていた男のことは分かった」

「なんと言う男だ？」

「水田信一と言うんだ。大学生。——まあ、いまの若い連中の中の軽薄の見本みたいなやつらしいよ」

「それが犯人だと？」

「まだ分からん。どこへ行ったのか、捕まらないんだ」

信一のことだ。いまごろはホテルでのんびりしているだろう、と忠男は思った。

「それをわざわざ知らせに来てくれたのかい？」

「ああ、知りたいだろうと思ってねえ」

「それはありがたいね」

そういう関口の目は笑っていない。早く帰らないかとじりじりしているのが、忠男にも分かった。やはりあの女性を、少なくとも刑事には見せたくないらしい。

「娘さんの友だちからいろいろ話を聞いたんだ。大学名が出て来たんでね、あとは楽だった。水田という姓も多くはないからな」

「逮捕するのか？」

「そう簡単には行かんよ」

と中森は笑って、

「参考人として話を聞く程度だな。証拠があるわけじゃなし。——いま、そいつの部屋の捜査令状を取っているところだ」

「よろしく頼むよ」

「本人がゆくえをくらました——というか、もともと根無し草みたいな手合いらしいのでね、逃げてるのかどうかはっきりしないが」

「高飛びされる心配はないのか？」

「まあ大丈夫だと思う。——おれの感じでは、そいつが犯人だとは思えないんだがね」

「ほう？　それはまた——」

と言いかけて、関口は思い直したように、

「いや、おまえは専門家だ。こっちの口を挟むのは控えるよ」

と言って、中森の肩を叩《たた》いた。

「わざわざ知らせてくれてうれしかったよ」

「なに、ついでがあったんだ。それじゃまた何かあったら知らせる」

忠男は、関口が中森という刑事を早く帰したがっているのだと、はっきり感じた。

——やはり、あの包帯の女性には何か裏があるのだ。もしかして……今度の麗子殺し、広美の失踪《しっそう》に関係があるのだろうか？

「どうでした？」

表のパトカーで待っていた立川刑事は、もどって来た中森に訊いた。

「やはりおかしい」

中森は座席にどっかと腰を落として、

「娘を殺した犯人かもしれないというのに、水田ってやつのことをどんな男か訊こうともしない」

「何か隠しているんですかね」

「もともと知っていたんじゃないかな、その水田って男のことを」

「それなのに知らないふりを?」

「うん、そんな感じをおれは受けた」

「水田ってやつに弱味でもあるんですかね」

「わからんな。——水田を捕まえて訊《き》いてみんことには」

中森は皮肉っぽい笑顔で立川を見た。立川は頭をかいて、

「いや、全く……ついてなかったんですよ。いつもなら——」

「まあいいさ」

と中森は笑って、

「貧乏学生だ。遠からず見つかる。それよりな、この探偵社のやつを洗ってみろ」

と柏木の名刺を渡した。

「こいつが何か?」

「いま、関口の部屋にいた。どうも気にくわん」

「何がです？」

「おれに早く帰ってほしいようだった。――このまま少し張り込んでみよう」

「わかりました！」

立川は張り切ってうなずいた。


「じゃ、あすの晩に？」

忠男は目をパチクリさせた。

「そうだ。車の整備が遅れた」

と関口は言った。

「一日出発を遅らす。かまわんだろうね」

「え、ええ、それは……」

「ではあす、昼の十二時に私の会社の方へ電話を入れてくれ。改めて指示をする」

「分かりました。では今夜はこれで……」

「ご苦労だった」

どうして急に気が変わったんだろう？　忠男は首をひねりながら、関口の邸宅をあとにした。そして少し歩いたとき、ずっと先の道端に、パトカーが止まっているのが

目にはいって、

「なるほどね」

とうなずいた。――さっきの刑事がまだ引き上げていないのだ。関口もそれを察して、出発を延期させたのにちがいない。

「いったいどうなってるんだ……」

殺人、失踪、そして包帯を巻いた妙な女……。事件は忠男の想像が追いつかないほど広がりはじめているようだった。

## 7 逃亡の旅

「なんだと？」

西尾課長はふきげんな声で言った。

「仕事が気に入らんというのか？」

「いえ、そういうわけじゃありません」

柏木忠男は弁解した。

「普通の仕事なら、喜んでやります。でも、関口さんの依頼は、どうも、ちょっと…

…その……」

「ちょっと──なんだ？」

忠男はしばらくためらってから、

「はあ、ちょっと、怪し気な感じで……。うちがあとで妙なことに巻き込まれでもし
たら、と気になるものですから」

と言った。これは巧《うま》い言い方だった。ごたごたに巻き込まれて警察ににらまれるの
は、探偵社にとってはいちばん具合が悪い。

「ふむ……。そうか」

と西尾はやや考え込んで、

「どんな仕事なんだ？」

「はい、それが、ある女性を車で九州まで送り届けるようにということなんですが、
その女性というのが──」

と言いかけたとき、西尾の机の電話が鳴った。

「はい。──あ、これはどうも！──はあ」

西尾のようすでは相当のお得意らしい。ぼんやりと立って待っていると、

「柏木さん、電話ですよ」

と女の子が呼んだ。急いで出ると、

「おまえか？　水田だよ」

と信一の声である。

「やあ、よく眠れたかい？」

忠男はからかうように言った。

「冗談じゃないぜ。こっちは殺されかけたんだ」

「なんだって？」

忠男は思わず訊き返した。信一はビジネス・ホテルでの殺人の一件を話し、

「ともかく、おれを殺そうとしたのはまちがいないんだ」

「しかし……どうして？」

「そんなこと知るかい。——たぶん、やったのは、おれのあとを尾《つ》けてた、あのグレーの背広のおっさんだろうよ」

「しかし、命拾いしたな」

「全くだよ。ただ、おかげでゆうべは公園でホームレスのように一泊するはめになっちまった。みっともない話さ」

運のいいやつだ。忠男は思わず苦笑いした。殺されるより、公園でひと晩明かすほうがどれだけいいか分からないじゃないか。

「それで、ちょっと悪いんだがな──」

と信一が言い出した。

「分かってるよ」

と忠男は先回りをして、

「金を貸してくれ、だろ」

「おまえは本当に察しのいいやつだな」

忠男は心の中で、おまえは本当に調子のいいやつだよ、と呟《つぶや》いた。

「ついでに腹が減ってるんだ。昼飯をおごってくれないか」

と信一は図々《ずうずう》しく付け加えた。忠男はこの近くのレストランの場所を教えると、そこで十二時に待ち合わせることにして、電話を切った。

西尾課長の机の方へ、

「すみません、ちょっと電話で──」

ともどって行くと、もう電話を終えていた西尾は、顔を上げて、

「ああ、さっきの話だが、もう心配することはないぞ」

と言った。忠男は戸惑って、

「どういうことですか？」

「さっきの電話は関口さんからだった」

「それでなんと言ってたんです？」

「ゆうべの件は、なかったことにしてほしい、とさ」

忠男は面食らって、一瞬言葉が出て来なかった。

「でも……どうしてです？　理由を言いましたか？」

「いいや。ただ、都合で、と言っただけだ」

「そうですか……」

忠男は釈然としなかった。あの包帯を顔に巻き付けた女はいったい何者だろう？　なぜ九州へ連れて行かせようとしたのか。そして、また突然それを中止したのはなぜか……。

いや、中止したとは限らない。関口がほかの人間にその仕事を任せたか、それとも自分でやることにしたのかもしれない。

ともかく、分からないことだらけである。

「どうなってるんだ……」

忠男は席へもどりながら首を振って呟いた。

約束のレストランへ忠男がはいって行ったのは、十二時を五分ほど過ぎていた。捜すまでもなく、奥の方のテーブルから信一が手を振る。

「――やあ、悪いな」

と信一は、ほとんど空《から》になった皿を前にして言った。

「腹が減っちまって、待ってられなかったんだ」

忠男は笑いながら席にすわって、

「もしおれが来なかったら、どうするつもりだったんだ？」

「おまえを信じてるよ。親友じゃないか」

調子がいいんだからな、全く。忠男はランチを注文して、

「こっちも、そう金があるわけじゃないからな……」

と財布を取り出し、

「ともかく一枚だけ渡しとくよ」

と一万円札を一枚抜いて信一に手渡した。

「いや、本当に悪いな」

と少しも悪いなどとは思っていない口調で言うと、信一は札をポケットへねじ込んだ。

「ところで、おまえどう思う？」

「何が？」

「うん、つまり……おれが殺されかけたり、広美のやつが行方《ゆくえ》不明になったり……み

んな、何か関係があるのかな？」

「そうだなあ」

と、忠男は水を飲みながら、

「――関口麗子、広美さんの母親、そしてきのう、おまえの代わりに殺された男。もう三人も殺されてる。とっても偶然とは思えないな」

「何か考えはあるかい、探偵さんよ？」

「小説に出てくる探偵じゃないんだぜ、おれは」

忠男は苦笑いした。

「全く困ったよ。これからどうすればいいのかな」

と信一は言ったが、いたってのんきなのはいつものとおりだ。なんとかなるさ、というのが信一の人生哲学で、また彼の場合には実際なんとかなってしまうのである。

忠男の方は昼食をとりながら、ゆうべ関口の屋敷で見た、包帯をした女のことを考えていた。あれが顔を隠すためのものだったのは確かだ。しかし、あそこは屋敷の奥深くで、外部の人間の目には触れそうもない。それなのに、なぜああまでして顔を隠す必要があったのだろう？

忠男はふと、食べる手を止めた。――もしかすると、あれは忠男の知っている女だったのかもしれない。だからこそ忠男に見られないように顔を隠したのでは……。

しかし、それもおかしい。それならいっそ忠男を屋敷などへ呼ばなければいいのである。わざわざ忠男を選んで仕事を依頼しようとしたのには、何か理由があるはずだ。

「――午後は出かけるのかい?」

と信一が訊《き》いた。

「うん、ちょっと調べものがあるんでね。どうして?」

「連れてってくれよ」

「おまえを?」

「そうさ。邪魔はしないよ。できることがあったら手伝うぜ」

「なんのつもりだい?」

「行く所もないからさ」

と信一は肩をすくめた。忠男はあきれて――そして笑い出してしまった。

――立川刑事は、柏木忠男がレストランから出て来るのを、ハンバーガーをムシャムシャとほおばりながら待っていた。右手にはハンバーガー、左手にはテトラパックの牛乳。

――尾行や張込みのときの食事はいつもこんなものだ。

中森に言われて、あの柏木という探偵社の社員を見張っているのだが、正直なところ、大して役に立つとも思えなかった。まあ、殺人事件の捜査というのは、一見無関係な、意外なところから解決の糸口がつかめたりするものだが、しかし、それはごくまれに、そういうことがあるという意味であって、いつもそうなのだというわけではない。

むしろ一見むだと思える捜査はまず、大部分むだに終わるというほうが正確であろう。その中に何万分の一かの確率で、重大な手がかりが潜《ひそ》んでいることはあるだろうが……。

しかしともかく中森の命令である。目下《もっか》のところは、柏木忠男を見張るのが自分の任務なのだ。

立川はため息をついて、ハンバーガーの最後のひと切れを口へほうり込むと、残った牛乳をストローで飲み出した。

「ん？　出て来たな」

道の向かい側のレストランから、柏木忠男が出て来た。あっちはちゃんとすわって、腹いっぱい食っていたんだろう。畜生め！

「あれは……」

と立川はふと眉《まゆ》を寄せた。柏木がだれかと一緒に歩き出した。レストランへはいるときはひとりだったから、たぶんもうひとりの方は中で待っていたのだろう。しかし、あれはどこかで見た顔だ。

「待てよ……」

まさかと思った。こんなにうまい話があるもんか！　しかし……あいつは……。

「水田だ！」

立川は飲み残した牛乳のパックを投げ捨てた。——こいつはついてるぞ！　きのうは逃げられたが、きょうはそうは行かない。

立川は、はやる心を抑えて、ふたりのあとを尾《つ》けはじめた。

柏木と水田は、ずいぶん親し気に話をしていた。おそらく古い友人同士なのだろう。

立川は、柏木が探偵社のビルの中へはいって行き、水田がそのビルの前をぶらついているのを見て、手近な公衆電話へと走った。

むろん、水田から目は離さない。

「もしもし、中森さんですか？　立川です。見つけましたよ！　——え？　いや、水田です。水田信一ですよ。——そうなんです。どうもあの探偵社の男とは友人のようですね。——しかし、中森さん、分かってたんですか、水田が現われるってことが？」

中森の笑い声が伝わって来た。

「そんなこと、おれに分かるわけがないだろう。千里眼じゃないんだからな。まあ、それはラッキーだった」

「今度は逃がしやしません」

と立川は意気込んで言ってから、

「それで、どうしますか？　すぐしょっぴいても――」

「いま、何をしてるんだ？」

「水田は柏木の探偵社の前で、柏木が出て来るのを待ってるようですね。ふたりでどこかへ行くのかもしれません」

「そうか……」

しばらく中森は黙って考えているようだった。

「それじゃ、少しふたりを泳がせてやれ」

「分かりました。尾行を続ければいいわけですね？」

「そうだ。応援を出そうか？」

「いや、大丈夫です。見失いはしませんよ」

と立川は力を込めて言った。

「張り切るのはいいが、あまり無理をするなよ」

と中森は笑いを含んだ声で言った。

立川が受話器を置くと、ちょうど柏木が出て来た。何やら大きな封筒をかかえている。

ふたりは一緒に、何かしゃべりながら歩き出した。

立川は慎重にふたりのあとを尾けて行った……。

中森は、立川刑事からの電話を終えると、席にすわり込んだまま、しばらく考え込んでいたが、やがて手帳を開くと、電話のダイヤルを回した。

「もしもし。関口社長をお願いします。――こちらは友人ですが」

「お名前は……」

と涼しい声が問い返して来る。

「中森と言います」

「少々お待ちください」

ややあって、同じ声が、

「恐れ入ります。社長はただいま会議中でございますが、お急ぎでございますか？」

「いや、それなら結構。またかけ直します」

「失礼いたしました」

中森は受話器を置いた。娘の葬儀の翌日にはもういつもどおり仕事だ。いかにも関口らしい。

中森はべつに関口に話があったわけではない。関口が会社にいることが分かれば、それでよかったのである。

「出かけて来る。立川から連絡があったら聞いておいてくれ」

とほかの部下に言ってから、中森は席を立った。

パトカーを使うのは目立っていけない。中森はタクシーを拾うと、関口邸の住所を運転手に告げて、シートにもたれかかった。

外はよく晴れて、暖かそうだった。こんな日に非番だったら、公園でもゆっくり歩くところなのだが、と中森は思った。たまに休みを取ると、決まって雨模様なのだから、いやになってしまう。

きっと、休むなということなんだろう、と中森は思っていた。

時間が時間だけに車の流れもスムーズで、思ったより早く関口邸へ着いた。中森は、門の所のインターホーンを使って名乗った。

「旦那様《だんなさま》はご出勤になりましたが……」

と、ためらいがちな答えがあった。

「奥さんにお会いしたいんです」

と中森は言った。――しばらく返事がなかった。きっとお手伝いの娘が、夫人にどうしようかと訊《き》きに行っているのだろう。

「どうぞおはいりください」

数分たって、やっと答えがあった。

中森は門のわきのくぐり戸から、邸《やしき》の敷地へとはいって行った。

応接間へ通されると、待つほどもなく、雪江夫人が姿を見せた。

「どうもお待たせを……」

夫人は薄い紫のスーツを着ていた。どう見ても外出の支度という感じだ。

「どちらかへお出かけになるところだったんですか？」

「え？——いえ、ちょっと——大した用ではないんですの」

夫人はどこか落ち着かないようすだった。

「それで、私にご用とか……」

「いや、こんなときに大変心苦しいのですが、捜査の参考になるようなことを何かご存じではないかと思いまして」

「それは、主人が……」

「確かにご主人からは伺いました。しかし、お嬢さんのことについては、やはり父親より母親の方がくわしいと思いましてね」

「私は……あまりいい母親とは申せませんの。何かと所用で出かけることが多くて……」

「お嬢さんと付き合っていた水田という大学生については、何かご存じありませんか？　お会いになったことは？」

「いいえ。名前もゆうべ主人から初めて聞いたくらいで……」

「そうですか。――では、妊娠していたのもご存じなかったんですね？」

夫人はそのことは夫から聞かされていなかったらしい。目を見開いて、

「麗子がですか？　そんなはずは――」

と言いかけた。そして言葉を切ると、ゆっくり息を吐き出し、

「存じませんでしたわ」

と目を伏せた。

「そうですか」

中森は諦《あきら》めて立ち上がった。

「どうもお邪魔しました。また何か分かり次第、連絡をさし上げます」

「お役に立ちませんで……」

夫人は申し訳なさそうに言って、中森について玄関へと出て来た。

「あの……」

「何か？」

と中森は夫人の顔を見つめた。夫人は何か言いたげにしていたが、

「……犯人はその水田という人なんでしょうか？」

と訊いた。

中森は、夫人が言おうとしたのは、別のことなのだという印象を受けた。

「まだ、それはなんとも言えません。有力な容疑者には違いありませんが」

「もう捕まっているんですの？」

「いえ。――逮捕するほどの証拠がありませんので。しかし、居場所は押さえてありますから、けっして逃がしはしません」

「そうですか」

と夫人はうなずいた。

「では、失礼を――」

と言いかけて、中森は夫人の肩越しに、あのお手伝いの娘が、大きなトランクを押して来るのを目に止めた。

「ご旅行へ出られるんですか？」

「え？」

夫人はちょっとギクリとしたようすだったが、すぐに気を取り直して、

「ええ……少し別荘へ行っていようと思いまして」

「そうですか。いや、その方がいいかもしれませんね。何かとお疲れでしょう。ゆっくり静養なさった方がいいですよ」

「ありがとうございます」

「ご主人には仕事の方が静養になるようですね」

と言って中森はほほえんだ。夫人も、やっとわずかに微笑を浮かべて、

「ええ、あの人は仕事の鬼ですから」

「結構なことですよ。——それでは」

中森は一礼して門へと歩き出した。

娘の葬儀が終わった翌日、会社へ出て仕事に熱中する父親。別荘へ静養に行く母親。

「いい勝負だ」

中森はくぐり戸を出ながら、呟《つぶや》いた。

少し歩いて、広い通りへ出ると、公衆電話を見付けて、警視庁へかけた。

「……ああ中森だ。立川から連絡は？——そうか。どこにいるって？——図書館？」


「次はこれを頼むよ」

忠男は分厚い本にしおりを挟んで、信一のわきに置いた。

「オーケー。任せてくれ」

本のコピーをとっていた信一は調子よくうなずいた。

「どうだ？　猫よりは役に立つだろ？」

「猫よりは、ね」

と忠男が笑いながら言った。

「言ったな！」

――ふたりは、大きな公立の図書館に来ていた。資料を調べて来るように言われたのである。

「まだだいぶあるか？」

「うん。やっと半分ってとこかな」

と忠男は息をついて、

「本って重いなあ。重労働だよ、全く」

「それにしても静かだな」

と信一が、書架の林を眺め回しながら、

「大学の図書館だってめったに行かないから、久しぶりだよ、こんなに本を見たのは」

「ひどい大学生だな」

と忠男は苦笑する。

そこへ、図書館の事務の女性が顔を出して、

「静かにして！」

と注意した。ふたりは顔を見合わせて肩をすくめた。

「あっちの声の方がよほどうるさいぜ」

と信一が低い声で言った。

「おい、また言われるぞ。――じゃ、次のを持って来るから頼む」

「よし来た」

信一はコピーのボタンを押した。青白い光がゆっくりと動いて、本を写しとって行く……。

その男は、書架の本を眺めるようなふりをしながら、本の隙間《すきま》から、信一と忠男のやりとりを見ていた。

館内はひっそりと静まりかえっていて、利用している人間の数も、わずかだった。男は、忠男が次の本を取りに、書架の間を急ぎ足で通って行くのを見送った。それから、ゆっくりと、足音を立てないように、歩き出した。

信一はコピーの機械に向かって、一ページコピーするたびに、ページをめくって、またボタンを押すという手順をくり返している。男は、信一の背中をじっと書架の陰から見つめた。そして、周囲に閲覧者のいないことを確かめると、ポケットから鋭いナイフを取り出す。

男が足を踏み出そうとしたとき、信一が大きく伸びをして、

「疲れるもんだな、仕事ってのは」

とひとり言を言った。そしてふっと思い立ったように、クルリと向き直って、出口

の方へ歩いて行ってしまった。

危うく書架の陰へと引っ込んだ男は、首を振って、ナイフをポケットへもどした。

——トイレにでも行ったのだろう。すぐもどって来るにちがいない……。

実際、信一はトイレへ行くつもりで歩き出したのである。ところが、場所が分からない。事務の女性に訊《き》いてみようかと思ったが、何しろさっき文句を言われた、あの口やかましそうな女である。あまり訊く気にもなれない。

仕方ない。確か廊下の奥にあったはずだ。あそこへ行こう。

信一は机の並んだ閲覧室を通って、廊下へ出た。隅の方に公衆電話があって、だれかが話している。その男を見た信一は、ふと、どこかで見た顔だな、と思った。どこで会ったんだろう？

「そう。やつは中にいる。——中森さんから連絡があったらそう伝えてくれ。——指示を待ってるって。捕まえるのは簡単だよ」

そうか！　思い出した！

信一はぎょっと立ちすくんだ。きのう、おれを追いかけて来た刑事だ！

刑事の方は信一に気付いていなかった。信一はそろそろとあとずさった。廊下を反対の方へ行くと、出口である。

ここは逃げる手だ。信一は出口の方へ、そろそろと歩き出した。忠男のことなど、ケロリと忘れている。

出口のガラス扉を押しながら、刑事の方を振り返った。電話を終えた刑事が、信一の方へ向き直った。――目が合って、刑事がハッとするのが信一にも分かった。

「やばい！」

信一は駆け出した。

「待て！」

刑事の声が追って来る。待っていられるもんか！　信一は通りへ飛び出すと、めちゃくちゃに走った。チラリと振り向くと刑事が追って来る。

このままじゃ追い付かれる、と信一は思った。何しろ相手はからだを鍛えているのに、こっちはおよそ運動不足ときている。とても長くは走れない。

「畜生め！」

と呟いて、ふっと前方を見る。バスが止まっていた。客の最後のひとりが乗り込むところだった。――よし、一《いち》か八《ばち》かだ。

信一は閉まりかけた扉を手で押すようにしてバスへ乗り込んだ。

「無理に乗らないで」

と運転手が文句を言ったが、ともかく乗ることは乗った。扉が閉まり、バスが走り出す。信一は、あの刑事が必死にバスを追いかけて来るのを見た。――ご苦労さん。

しかし、バスというのはそうそうスピードを出さない。もし、赤信号か何かで、すぐに停止したら、追い付かれるだろう。

信一は気が気ではなかった。

「早く早く……」

と運転手をせかしたい気持ちだった。――交差点が目の前だった。前方の信号が黄色になる。

進め！　このまま行っちまえ！

声にならない命令が聞こえたかのように、バスはスピードを上げて、交差点を突っ切った。

「やった！」

刑事は車の流れに遮《さえぎ》られて、道を渡れないようすだった。どんどん遠ざかって行く。

「ざまあみろ！」

と信一は言った。――運転手が、

「お客さん、運賃を入れて」

とぶっきら棒な口調で言った。

信一は全く、ついている男なのである。

# 8　残されたチャンス

「全く、信一のやつには困ったもんだ」

——忠男は、会社からの帰り道、食堂へはいって、カツ丼を食べながら呟《つぶや》いた。

急に黙っていなくなっちまうんだからな。金を貸せだの、昼食をおごれだのと、勝手なことばかり言って、ドロンと消えちまうんだから……。

「もう友だちだなんて思わないぞ！」

と言ってみたものの、これで信一が、

「いや、ごめんごめん」

と笑いながらやって来たら、以前どおりに話をするだろうと分かっているのだ。信一という男はどうしても憎めないようにできている。

「やれやれ……」

理由もなくため息が出る。——いったいどうなるんだろう？　信一は命を狙われている。広美は相変わらず行方《ゆくえ》が知れない。

ふと、忠男は、広美の働いていた食堂へ行ってみよう、と思った。——べつに何か手がかりをつかめるとは大して期待していなかったが、アパートの方は顔を出せないとなれば、ほかにないではないか。

——レジの女の子はこの前来たときと同じだった。

「あら、あなた、このあいだの人ね」

と忠男の顔を見るなり、覚えていたらしく、声をかけて来た。

「広美の所、大変だったのねえ。びっくりしちゃった」

「全くね」

と忠男はうなずいて、

「彼女が行方不明なんだ。何か連絡なかった?」

と訊いた。すると驚いたことに、

「広美から? ええ、電話があったわ」

という返事。忠男は耳を疑った。

「連絡があったって? 本当かい?」

「私が嘘ついてどうすんのよ」

と女の子がむくれるのを、

「いや、ごめん。そんなつもりじゃなかったんだ」

となだめて、

「で、いつ電話があったの？」

「きょうの午後よ」

「きょうの？　――で、彼女、なんと言ってた？」

「いろいろ迷惑かけて、すみません、って謝ってたわ。それからここに何か置いてなかったかって」

「何か？」

「自分の荷物を、よ。この店をやめることにしたんでしょ。だから何か個人的に持って来て置いてある物があったら、と訊いて来たのよ」

「で、何かあった？」

「いいえ。私がハンカチを一枚借りてたけど、それを言うと、もうそれはいいからって笑ってたわ」

「それだけ？　ほかに何か――」

「べつにないわね。……ただ、アパートへ今夜もどるとか言ってた」

「今夜？」

「いろいろと整理することがあるから、とか言ってたわよ」

整理する？　しかし、あのアパートは殺人現場だ。いったい何をしにもどるのだろう？　忠男は首をひねった。

「今夜もどると言ったんだね。ありがとう」

　忠男が行きかけると、レジの女の子が、

「ねえ、彼女に会ったら、給料の未払い分があるから取りに来いって言って」

と声をかけて来た。

　広美のアパートに行くのは、気が進まなかった。何しろ、殺人現場なのだから、まだ警官がいるかもしれない。下手《へた》にあたりをうろついてて、怪しまれでもしたら……。殺人犯人にはまちがえられないとしても、警官を殴ったのは紛れもなく事実なのだ。到底、ただでは済むまい。

　しかし、広美のことが心配だった。本当にもどって来るのだろうか？

　さんざん迷ったあげく、忠男はともかく、『清明荘』の近くまで行ってみることにした。運がよければ、アパートの近くで広美に会えるかもしれない。

　しかし、忠男は信一と違って、幸運の女神にもてないタイプである。『清明荘』の近くをうろうろと一時間以上歩き回ったが、結局、だれにも会わず、何も分からない。

　忠男は思い切って、アパートの入口まで行ってみた。広美の部屋一〇五には、ドアの所に縄がかけてあったが、それだけで、べつに見張りの警官の姿もない。

ホッとした忠男は入口から廊下へとはいって行った。一〇五のドアをそっと引いてみたが、鍵《かぎ》がかかっている。中も真っ暗なのは外から見ていて分かった。

今夜は広美はもどって来ないのかな、と忠男は思った。それとももう来てしまったのか。

まあ、あんな事件のあとだ。夜遅くなってから、来る気なのかもしれない。——もう少し待ってみよう。

忠男はアパートを出ようとして、目の前にだれかが立っているのに気付いた。

「柏木忠男君だね」

と相手は言って警察手帳を見せた。

「は、はい」

忠男は青くなっていた。

「ちょっときみに二、三訊《き》きたいことがあってね。——構わんだろうな」

「え、ええ……」

ああ、なんておれはついてないんだろう！　忠男はつくづくうんざりしてしまった。

「ここへ何しに来たんだね？」

と、まだ比較的若いその刑事は訊いて来た。

「その……ちょっと、知り合いが……」

「ふん、知り合いがね」

と、およそ信じていない口ぶり。

「ところで、彼はどこにいるんだね？」

と刑事は訊いた。

「彼、というと……」

「とぼけてもらっちゃ困る。水田信一だよ」

「水田ですか……」

「友人同士だろう？」

「ええ、まあ」

「図書館で一緒だったな」

「知ってるんですか？」

「水田を逃がしたのはきみか？」

「いいえ！　こっちだって置いてけぼりを食っちまったんです。本当ですよ！」

「ふむ。……ここは確か殺人事件のあった所じゃないか」

「そ、そうらしいですね」

「何か知ってるのか？」

「いえ、とんでもない！」

忠男は慌《あわ》てて言った。

「ふん、どうかな」

刑事は鼻先で笑うように言って、

「さあ、ともかく一緒に来てもらおうか」

と忠男を促《うなが》した。忠男はここでじたばたしても始まらない、と覚悟を決めて歩き出した。

アパートを出て、外の暗がりへと足を踏み出したとき、ヒュッと何かが空を切る音がした。

「なんだろ？」

と見回していると、急に、すぐ後ろにいた若い刑事がうめき声を立てた。びっくりして振り向くと、刑事が腹を押さえてうずくまっている。

「どうしたんです？」

と訊いて、ぎょっとした。刑事の腹に、ナイフが突き立っているのだ！

「大丈夫ですか！」

と声を上げる。

「救急車を……頼む……」

刑事がそう言って崩れるように倒れた。

忠男はしばし呆然《ぼうぜん》として、暗がりへ目を向けていた……。

中森はタクシーを降りると、病院へと駆け込んだ。『受付』の看護婦に、

「警察の者です。ナイフでけがをした刑事が運び込まれたと思うんだが——」

「この突当たりを右へ曲がった所です」

「ありがとう」

病院の中なのだ。走ってはいけないと思いながら、つい足は早くなった。角を曲がると、部下の刑事が長椅子《ながいす》にすわっていた。

「おい。どうだ？」

中森はいきなり訊いた。

「まだ五分五分だそうです」

「そうか……」

中森は息を吐いた。

「出血がひどいらしくて」

「血は足りるのか？」

「ええ、それは大丈夫だそうです。O型だそうですから」

中森は長椅子に腰を下ろすと、タバコに火をつけた。――なんとかして気を落ち着かせたかったのだ。

「犯人は？」

「どうも妙なんです」

「何がだ？」

「立川さんは柏木という男を尾《つ》けていたんです」

「それは知ってる」

「そいつにやられたんじゃないか、と思うんですが……」

「それがどうおかしいんだ？」

「立川さんが刺されたと通報して来たのが、男の声だったんです。それがだれだか分からないんですよ」

「現場には？」

「通報したという人はいなかったんです」

「柏木もいなかったのか？」

「ええ」

「刺しておいて、怖くなったのかもしれないぞ」

「そうですね」

「凶器は？」

「鋭いナイフです。鑑識へ回しました」

「そうか……」

中森は、しばらく黙り込んだ。

「立川さん、助かるといいんですが……」

「若いんだ。大丈夫さ」

と中森は自分へ言い聞かせるように言って、

「柏木という男を手配しろ。それから水田というやつもだ」

「わかりました」

部下が走り去ると、中森は深々と息をついた。――立川は有能な部下だ。失いたくない。まだこれからの男だ。

「おれが代わってやりたいよ」

と中森は呟《つぶや》いた。

忠男は、夜の道を歩いていた。

あの刑事、助かっただろうか？　――逃げて来てしまった。一応通報はしたが、どう考えても自分にとって不利な状況だったので、怖くなったのだ。

あのナイフは自分を狙ったものだったのかもしれない、と忠男は思った。暗かったので、たまたまはずれて、あの刑事に……。

しかし、今度の事件はとても忠男の想像力の範囲を越えていた。

いったいどうすればいいのか。どこへ行けば……？　さんざん考えたあげく、いま、忠男は、関口邸へ向かって歩いていた。

少なくとも、何か手がかりを与えられそうなのは、あの家だけだ。——一連の事件が偶然であるはずはなかった。どれもが原因と結果として、結び付いているにちがいないのだ。

そうなると、そもそもの初め、麗子殺しから事件がはじまっていることになる。

あの包帯を巻いた女。——あの謎めいた女が、事件の鍵《かぎ》かもしれない。

忠男は、関口邸の門の所までやって来て、驚いた。門が開け放たれている。

車が出るのだ、ととっさに思った。忍び込むチャンスだ。忠男は、素早く前庭へと滑り込んだ。

玄関前にベンツが止めてある。もう十一時近いというのに、いったいどこへ行こうというのだろう？

忠男は植込みの陰に身を隠しながら、車の方へと近付いて行った。だれも乗っていない。——玄関のドアが開いた。忠男は慌てて身を潜《ひそ》める。

関口石文自身であった。両手にスーツケースを持ち、車のトランクを開けると、中へしまい込んだ。そして、まるでだれかに見張られているのではないかと警戒するように、門の方を見ていたが、安心できないのか、門の所まで歩いて行って、外のようすをうかがっている。

あの包帯の女を、自分で運ぶことにしたのかもしれない。

関口は引き返して来ると、玄関からはいって行った。そしてすぐにまた姿を現わしたが、今度はひとりではなかった。関口に腕を取られているのはその夫人らしい。そして——ふたりのあとから、あの女が出て来た。

相変わらず顔に包帯を巻きつけ、サングラスをかけているのが、街灯の光で見て取れたが、それも一瞬のことで、関口はふたりの女を急がせて、ベンツの後部座席へ乗せてしまった。

「じゃ、行くよ」

と声をかけると、関口は自ら運転席へすわった。——エンジンが低く唸《うな》りをたてると、ベンツは、なめらかに動き出し、門の所でいったん止まって、それから夜の道へと消えて行った。

さて、これからどうしたものだろう?

忠男はしばらく考え込んだ。関口も、あの女もいなくなってしまったのでは、なんの意味もないような気がする。――といって、ほかに行き場もないのだが……。

関口はどうせもどって来るだろう、と思った。きっとあのふたりをどこかへ降ろして。まさか九州まで自分で運転して行くつもりではあるまい。

忠男は、そっと玄関へ近付いた。警察に追われているにちがいないという気持ちがあると、ずいぶん大胆になれる。これ以上、何があっても同じことだという気がするのである。

玄関のドアは、鍵がかかっていなかった。そして邸《やしき》の内へはいり込む。一度来ているから、全く中のようすが分からないこともない。急いで階段の下の暗がりへと身を潜める。

――間一髪で、若いお手伝いの娘が現われて、外へ出て行った。

門を閉めに行ったのだろう。

忠男は、ちょっと迷ってから、階段を上って行った。あの包帯をしていた女の部屋が見たかったのである。

何か残されているかもしれない。女の正体を探る手がかりが……。

忠男は、あの女のいた部屋のドアの前に立って、しばしためらった。何か、中に恐ろしいことが待ち受けているような気がしたのだ。――下で玄関のドアの開く音がした。お手伝いの娘がもどって来たらしい。その音にせかされるように、忠男はドアを開けて、部屋へとはいり込んだ。

――べつに、何も恐ろしい物はなかった。

前に見たときと同じで、ただ、違うのは女がいないということだけだった。

来客用の部屋なのだろう。ベッドがひとつと、机と椅子を置いただけの、簡単だが、なかなか快適そうな部屋だった。

部屋、といえば……。忠男は改めて、自分が今夜泊まる場所もないのだということに気が付いた。あの刑事は忠男の名を知っていた。当然、彼の家にも見張りがついているだろうし、それどころか、指名手配にでもなっているかもしれない。

「こんな部屋で泊まれたらな……」

と呟くと、忠男はベッドに腰を下ろした。――ふと、手が何かに触れた。

紙袋だ。何がはいっているのか、だいぶふくらんでいる。

忠男は袋の口を開いてみた。服だ。女物の服がはいっている。しかし……、

「これは……」

忠男は思わず呟いた。

「広美の服だ！」

確かに見覚えがある。最後に広美と会ったとき、彼女が着ていた服だ。

では、あの包帯を巻きつけた女は、広美だったのか？

そのとき、突然部屋のドアが開いた。忠男は弾《はじ》かれたように立ち上がった。

そして——唖然《あぜん》とした。

「おまえ……」

「やあ、おまえも来てたのか？」

はいって来たのは信一だった。

「どうしてここへ？」

と忠男が訊《き》くと、信一はいたってのんきに、

「おまえと同じじゃないかな」

「というと……」

「簡単さ。行く所がないから。それだけだよ」

信一は部屋の中を見回して、

「なかなかいい部屋だな」

「そんなこと言ってる場合か！」

と忠男は信一をにらんだ。

「こっちはひどい目に遭《あ》ったんだぞ」

「怒るなよ。図書館から逃げ出したのは、刑事がいるのに気付いたからなんだ。おま

えに一言言うにも、その時間がなくってな。まあ、悪く思うなよ」

信一はまるで気にもしていないというようすだ。

「それだけじゃないんだぞ」

と忠男は、つい苦笑いしながら、

「こっちまで警察に追われる身になっちまった」

「へえ！　何をやったんだ？」

「何もやらないよ」

忠男は刑事がナイフでやられた件を話してやった。

「――それじゃ、きっとおれを追いかけてたやつだな。へえ！　いい気味だ」

「ばか言え。警官殺しは重罪だぞ」

「やったやつは見たのか？」

「いいや。暗かったからね」

「きっと例のやつだな、おれを殺そうとした……」

「どうして殺そうとするんだろう？」

「おれに分かるわけないだろ。しかし、考えてみりゃ、ずいぶんドジな殺し屋だな。そう思わないか？」

「なぜ？」

「ビジネス・ホテルではおれとまちがえて、ホテル荒しを殺しちまうし、今度はおまえとまちがえて、刑事か。しまらねえ話じゃないか」

「まちがえてなかったら、ふたりともここにはいないんだぞ」

「ま、それもそうだ」

と信一は気楽にうなずいた。

「ともかく、ふたりとも宿なしになったってわけだ」

信一にとっては、死の恐怖も、ゲームのひとつのようなものらしい。

「それだけじゃないぞ」

と忠男は言った。

「まだ何かあるのかい?」

「これを見ろよ」

「女物の服だな」

と信一は広美の服を取り上げて、

「あんまり上等じゃねえな。安物だ。おれはこれでも見る目があるんだぞ」

と妙な自慢をしている。

「何をのんきなこと言ってるんだ！　これは広美さんの服だぞ」

「広美の?」

忠男の話を聞くと、信一は首をひねった。

「――どうしてあいつの服が、こんな所にあるのかな？」

「こういうことがあったんだ」

忠男は、例の包帯の女のことを話してやった。

「ふーん。するとそれが広美だったっていうのか？　しかし、関口がどうして広美を車で連れて行ったりするんだ？」

「そんなこと分からないさ」

「分からんことだらけだな」

と信一が言った。

そのとき、ドアが開いた。忠男は飛び上がって、隠れようとした。はいって来たのは、若いお手伝いの娘だった。

「大丈夫だよ」

と信一は忠男に笑ってみせ、

「ここへ泊めてもらうことにしたんだ」

「――なんだって？」

信一は娘へ向かって、

「こいつはおれの友だちなんだ。一緒に泊めてやってくれよ。いいだろ？」

「あら……」

娘はちょっとむくれて、

「じゃ、あなた、私の部屋に来てよ」

「よし、すぐ行くよ」

忠男は信一が娘にキスして送り出すのを、あっけにとられて見ていた。

「おまえ……いつの間に？」

「行く所がなくなったんで、ここへ来て、うまく誘惑してやったのさ。どうだ、いい腕だろ？」

忠男は、ただあきれるばかりで、なんとも言葉が出て来なかった……。

## 9　疑　惑

「中森さん！」

揺さぶられて中森は目を開いた。——ここはどこだろう？　えらく狭苦しい所で寝てたもんだな。どこかのベンチらしいが……。

「立川さんが意識を取りもどしましたよ」

部下の刑事の言葉が、中森の記憶を呼びさました。そうか、ここは立川が運び込まれた病院だ。

「そうか、すぐ行く」

病院の待合室の長椅子《ながいす》で眠っていたのだ。中森は起き上がって頭を強く振った。やっと少し目が覚めて来る。

「――どんな具合だ？」

病室の方へと、ふらつきそうになる足を踏みしめながら歩く。

「ええ、医者の話ではもう生命の危険はないそうです」

「そうか、よかった……」

中森は一瞬目を閉じて息をついた。部下を失うことほど辛《つら》いものはない。

「割合に元気ですよ。ほっとしました」

「若さだな」

中森は病室へはいって行った。

立川刑事が、ベッドから弱々しく笑顔を向けた。

「中森さん……」

「どうだ、気分は？」

「最高、とは言えませんが、まあまあです」

「うらやましいな、長期休暇が取れるぞ」

「ええ、たまにはいいもんでしょうね」

中森はベッドのそばへ椅子を持って来て、それに腰かけた。

「やったのはだれだ？　柏木という探偵社の男か？」

「いいえ」

「違うのか？」

中森は驚いて訊《き》き返した。

「暗がりから突然ナイフが飛んで来たんです。犯人は見えませんでした」

「そうか……。共犯ということは？」

「違うでしょう。ぼくがやられたとき、ずいぶんびっくりしていましたから」

「すると別に犯人がいるのか。――どうやら、この一件は、かなり奥があるぞ」

中森は額にしわを寄せながら言った。

「そういえば……」

と立川がふと思い出したように言う。

「なんだ？」

「あのとき、柏木は殺人現場の部屋へはいろうとしていました」

「殺人現場だって？」

「ええ。あのアパートでこの間だれかが殺されたんです。柏木はそこへはいろうとしていました」

中森は部下の刑事へ、その事件のことを調べろと言いつけた。

「残念ですよ、せっかくおもしろくなって来たのに」

立川は首を振りながら言った。中森は思わず笑った。この元気なら大丈夫だ。

「いくらでも事件は起こるさ。いまはゆっくり養生することだ」

「ええ。——しかし、しゃくだなあ」

「何が？」

「あの水田信一ってやつですよ。二度も逃がしちまった。なんとかこの手で捕まえてやりたいな。運の強いやつなんですよ」

「しかし、どうもナイフで人を殺すような男とは思えないな」

「そうですね。追いつめられて女を殺すぐらいはやるかもしれませんが……。ナイフ投げとはどうも結びつきません」

「何か裏があるんだよ、きっと」

立川は軽く目を閉じた。中森は立ち上がって、

「じゃ、疲れるといかん。また来るからな」

「はい。――いま、何時です？」

中森は腕時計を見て、自分も驚いた。

「もう朝の五時だ。やれやれ、また忙しい一日の始まりだな」

中森が手を振って病室を出ると、部下がもどって来た。

「どうだった？」

「ええ、娘と暮らしていた病身の女性が殺されたんです。娘の方は行方《ゆくえ》が分かりません」

「すると娘が？」

「いえ、室内が荒らされていたということで、たぶん強盗だろうと……」

「怪しいな。その事件のことをもっと詳しく調べろ。娘の方も洗うんだ。柏木って男と関係があったのかもしれん」

「分かりました」

と部下はうなずいた。

「それからもうひとつ情報がありました」

「なんだ？」

「テレビで手配の写真を流したら、ビジネス・ホテルから水田らしい男がいたと通報があったそうです」

「いまはいないんだろう？　それじゃ仕方ない」

「いえ、それが、一昨日《おととい》の夜、そこでホテル荒しの常習犯が刺し殺されたんです」

「ホテル荒し？」

「そうです。どうも客とまちがえられたんじゃないかということです。その客はホテルの男が警察を呼びに行っている間に姿をくらましちまったそうで……」

「するとその客が――」

「水田にそっくりだったというんです」

中森は少し考え込んでいたが、やがてうなずくと、

「よし、その客が水田だったかどうか、よく確認させるんだ」

「分かりました」

――中森は病院の宿直室へ行って、近所の二十四時間営業の喫茶店を教えてもらった。

朝の五時というのに、店にはけっこう客の姿があった。大方は終電に乗り遅れたサラリーマンや学生で、ホテル代わりに眠りに来ているのだ。

中森は、

「サンドイッチとコーヒー」

と頼んでから、

「いや、コーヒーでなく、ミルクにしてくれ。ホットで」

と言い直した。——もう若くないのだ。起き抜けのコーヒーは胃にこたえる。

「どうも妙な事件だな……」

水のコップをくるくると回しながら、中森は呟《つぶや》いた。どうも気に入らない。最初は、娘がひとり殺された。単純な男女関係のもつれのように見えた。しかし、いまはどうだ。ホテル荒しが殺され、アパートの病身の女が殺された。その娘は行方不明。そして刑事が重傷を負わされた。

どうも、この事件は見かけとはだいぶ違うようだ。そのホテルの客が本当に水田だったとしたら、水田はだれかに殺されかけていることになる。そして立川に重傷を負わせたナイフは、本当は柏木という男を狙ったものではないのだろうか? どんな凶悪犯でも、警官を殺そうとは、めったにしないものである。

もしそうだとすると、柏木という男も命を狙われていることになる。——ホテル荒しは刺し殺された、ということだ。立川もナイフでやられた、同じ犯人の可能性は十分にある。そして、このふたつの事件が、関口麗子殺しと無関係のはずはない……。

行方不明になっている、殺された女の娘というのが、中森には気になった。その母親を殺したのが、ほかのふたつの事件と同じ犯人かどうかは分からないが、もしそうだとすれば、いとも無造作に人殺しをするやつだ。その娘も殺されているか、それとも、娘自身が犯人という可能性もなくはない。

中森は頭にくすぶっていた眠気が、いつの間にか消し飛んでいるのに気付いた。

サンドイッチとミルクが来ると、中森は勢いよくサンドイッチに食らいついた。


柏木忠男は、ひと晩じゅうほとんどまんじりともしなかった。それも当然だろう。殺人容疑で追われるというのは、そうたびたびあることではない。

おまけに、隣の部屋では信一が、お手伝いの娘を相手に遅くまで奮闘していたのだ。

忠男が寝ているのは、使っていない小部屋で、普段は布団《ふとん》置場になっているらしかった。本当ならば、二階の柔らかいベッドで寝てみたかったところだが、夜中に関口がもどって来てのぞかないとも限らない。

まあ、寝心地が少々悪くても留置場よりはましだ。忠男が大あくびをしながら布団に起き上がると、小部屋のドアがノックされた。ぎくりとしてはね起きる。

「おい、もう起きてるか？」

信一の声だ。忠男はほっと息をついた。

「起きてるよ」

ドアが開いて、信一が盆を手にはいって来た。

「さあ、朝食の時間だぜ」

「いま何時だ？」

「六時ぐらいだろう。――あの娘がわざわざ作ってくれたスクランブルエッグとハムトーストだ。コーヒーもある」

「逃亡中の犯人にしちゃ豪華な食事だな」

と忠男は苦笑しながら言った。

「さあ、冷めないうちに食べよう」

と信一は言うより早く、猛烈な勢いで食べはじめた。忠男はあきれて、

「そんなに腹が減ってるのか？」

「ああ、何しろ……すごいからな、あの娘」

「楽じゃないな、色男も」

忠男はコーヒーを飲みながら言った。

「――ところで、これからどうするんだ？」

「ここにいればいいじゃないか」

と信一はあっさり言った。

「ここに？」

「ほかに行く所あるのか？」

「いや……しかし……」

忠男は言葉を失って、コーヒーをがぶりと飲んだ。

「あの娘なら心配いらないぜ。おれに惚《ほ》れてるからな。密告なんぞしやしねえ」

「でも、ここにいたら、そのうち見付かるんじゃないのか？」

「いや、ここはいつもは閉めっきりなんだそうだ。まず見付かる心配はないって言ってたよ」

「じゃ、ここに居候《いそうろう》を決め込むのか？」

「食事もこっそり運んでくれるっていうし、いいじゃないか。少しのんびりしようぜ」

「――あきれたな、おまえには！」

と忠男は首を振った。

「どうすりゃおまえみたいに楽天的になれるんだか、教えてほしいよ、全く！」

「簡単さ。成り行きに任せるんだ。へたに運命に逆らわねえのさ」

と信一はいたって気楽である。

「しかし、ここにいたって事件は解決しないぜ」

と忠男は言った。

「なあに、ほっときゃそのうち解決するよ」

信一の言葉に、忠男はただため息をつくばかりである。――ドアがノックされて、

「私よ」

とお手伝いの娘の声がした。信一が立って行ってドアを開ける。

「やあ、味が抜群だね、本当にうまいぜ」

「そう？」

と娘はうれしそうに言って、

「ほら、新聞見たいだろうと思って」

忠男は急いで立ち上がり、娘の差し出した新聞を引ったくるように取った。

「あなたがたの写真が出てるわよ」

「へえ、本当かい？」

信一は忠男の開いたページをのぞき込んだ。

「――ひどい写真を使ってやがるなあ」

「よかった、あの刑事まだ生きてるみたいだ」

忠男はほっと息をついた。娘はふたりの顔をながめながら、

「あなたがた、どう見ても殺人犯には見えないわね」

「そうだとも！」

信一は娘の手を握りながら言った。

「おれたちは無実の罪で追われてるんだ。まさか警察へ知らせたりしないだろう？」

「その気ならとっくにやってるわ」

と娘は笑った。忠男は新聞を元どおりに畳んで、娘に返しながら、

「関口さんはいないの？」

ときいた。

「ゆうべ出かけて、けさは直接会社へ行くって言ってたわ」

「奥さんは？」

「なんだか、お嬢さんが亡くなったショックとかで具合が悪いって言って、別宅の方へ静養に行ったのよ」

「それじゃ……きみ、あの包帯を巻いてた娘を知ってるかい？　あれはだれなんだ？」

娘は肩をすくめて、

「知らないのよ。奥さんの話じゃ、親類の娘で、整形手術を受けたあと、預かってるんだとか……」

「整形手術？」

「そう。いつの間にかあの部屋へ来てたの。私にも近付かせないし、ほかの人にもこのことは話しちゃいけないって言われたわ」

整形手術……。しかし、顔を包帯で巻いているぐらいなら、入院しているはずではないか。きっとそれは口実にちがいない、と忠男は思った。

するとやはり、あの女は広美なのだろうか……。

「じゃ行くわ。――ゆっくりしてて」

と娘は部屋を出て行きかけて振り返り、

「ああ、トイレはこの廊下の奥のを使えばいいわ。大体みんなもうひとつの方を使うから。――ねえ、ちゃんと夜になったら隣に来てよ」

と信一へ甘えるような声を出す。

「分かってるさ」

信一は娘の顎《あご》を持ち上げると軽く口へキスした。――忠男は首を振りながら、また朝食へ取りかかった。


「いや、全く驚きました」

西尾課長は、中森の前にすわるなり言った。

「本当にお恥ずかしい次第で。――柏木という男は、一見真面目《まじめ》そうにみえるやつで、まさかこんな大それたことをするとは思いもよらず……。いや、まことに申しわけなく思っております」

中森は西尾に言わせておいてから、

「柏木は刑事を刺しちゃいませんよ」

と言った。西尾はキョトンとして、

「いささか早まった報道でしてね。どうやら柏木はだれかに殺されかけているらしいんですよ」

「は？　しかし新聞には——」

「そ、そうでしたか……」

西尾はほっとしたように額の汗を拭《ぬぐ》った。探偵社の社員が刑事を刺したなどということになれば、社の浮沈にかかわるので、気が気でなかったのである。——社さえ安泰なら、柏木がだれかに殺されようと大したことではない。

「こちらが訊《き》きたいのはですね……」

中森はわざと相手をじらすように言葉を切って手帳をめくった。

「この探偵社で関口石文さんから仕事を依頼されたことがありますか？」

「せ、関口ですか？」

と西尾は口ごもった。

「そうです。関口石文。ご存じでしょう？」

「そ、それはもう……有名人ですからな」

「先日、彼の娘が殺されました」

「ああ……そうでしたね。覚えてますすよ、ええ」

「どうです？　彼から依頼を受けましたか？」

西尾は一瞬迷った。関口からは、調査のことをいっさい口外するなと言われている。

「それは……依頼人の秘密ですから……」

「殺人事件の捜査なんですよ」

と中森は厳しい口調で言った。

「それとも協力はできないとでもいうんですか？」

「いえ、とんでもない！」

西尾はあわてて首を振った。

「ええと……確かに依頼は受けました」

「どんな件で？」

「分かりません」

と西尾は言った。

「分からない？　どういうことです？」

「その……具体的な話をうかがう前に、向こうから、もういいからと断って来られたんですよ」

そう言って西尾は笑った。

「まあ、うちは小さな探偵社ですからね。頼むにはちょっとどうも、と思われたんじゃないですかね」

中森はしばらく黙り込んでいたが、やがてパタリと手帳を閉じると、

「おい」

とそれまでとはがらりと口調を変えて言った。

「そんないいかげんな話でごまかせると思ってるのか」

「ごまかすだなんて、そんな――」

と西尾が言いかけるのを、

「黙れ！」

と中森の一喝が遮《さえぎ》った。西尾が椅子から飛び上がった。中森はぐっと西尾の方へ身を乗り出して、

「いいか、おれの部下は死ぬか生きるかっていう傷を負って入院してるんだぞ。犯人は絶対にこの手で引っとらえてやる。そのためだったら、こんな探偵社のひとつやふたつ、ぶっつぶすぐらい、わけはないんだ」

西尾は青くなって目を白黒させている。

「もう一度訊くぞ。関口に仕事を頼まれたんだな？」

「ええ……」

「その内容は？」

西尾は情けない顔で中森を見たが、到底隠し切ることはできないと諦《あきら》めて、息をつ

いた。

「——娘のボーイフレンドについての調査でした」

「娘の？　すると殺される前だな？」

「ええそうです」

「で、その名前は？」

「あの水田信一って男です。たまたまうちの柏木が学生時代からの友人だってことが分かったんで、彼にやらせました」

「その結果は？」

「ぐうたらな学生で、ほとんど授業にも出ないし、関口さんの娘にこづかいをもらって遊び歩いてるようでした」

「それを関口に報告したのか？」

「もちろんです」

中森は考え込んだ。関口は水田のことを知っていたのだ。それなのに、なぜ警察にそのことを黙っていたのか。

「どうしてさっきは隠そうとしたんだ？」

「……関口さんにそう言われてたもんですから」

「関口に？」

「ええ、警察に訊かれても話すなと……」

「それはいつのことだ？」

「娘さんが殺された翌日です。新聞の記事を読んでいると関口さんから電話がかかって……」

関口は故意に水田のことを警察に知られまいとしたのだ。――なぜだ？　自分の手で復讐《ふくしゅう》をする気だったのだろうか？

それなら水田が狙われたのも、分からないではない。関口ならやりかねないことだ。ああいうタイプの人間は、自分が神にでもなった気で、犯人に制裁を加えようとするかもしれない……。

だが、なぜ友人の柏木まで殺そうとするのだろうか？

――中森はふと思い出して、

「それじゃ、柏木がおととい関口の屋敷へ行ったのはなぜだ？」

「それは――」

西尾は、関口が柏木に何か依頼したいことがあると呼んでおいて、きのうにはそれを取り消したことを説明して、

「これは本当ですよ。隠しはしません、本当なんです！」

と哀願するように言った。

「分かったよ。柏木は何か言ってなかったのか？」

「はあ、そういえば……」

「なんだ？」

「やりたくない、と言ってましたね。なんだか怪し気な仕事だから、とか……」

「怪し気な？　どんなことだ？」

「さあ、なんだったかな……。ちょうどその話をしてるところへ関口さんから電話がかかって来て」

「思い出せ！　どんな仕事だったんだ？」

中森に詰め寄られて、西尾はまた汗をかきながら、

「待ってください……ええと……女をどうとか……」

「女？」

「ええ、そうです。女を……そうだ、どこだかへ車で送り届ける仕事だったと言っていましたよ」

「どんな女だ？」

「さあ、それは聞きませんでした。私が聞いたのはそれだけです。本当ですよ」

西尾は上目づかいに中森を見ながら、

「あの……うちがお叱りを受けるようなことは……」

た。

「そいつはどうかな」

これ以上いじめる気はなかったが、中森は気をもたせる言い方をして、探偵社を出
どうもこれは関口と対決してみる必要がありそうだ。——気は進まないが。

しかし、まだ早い。ああいう強固な意志を持った人物を相手にするには、よほどこっちが、明確な事実をつかんでいなければならないのだ。

中森は、立川の容体が気になったので、公衆電話で病院へかけた。

電話に出た部下の刑事が、べつにかわりがないと答えてから、

「それから、例のアパートの殺しですが」

「ああ、何かわかったか？」

「娘の方は相川広美と言って、小さな食堂で働いてたんです」

「それで？」

「そこの女の子に写真を見せると、柏木が彼女のことを訊《き》きに来たと言ってましたよ」

「そうか」

と中森はうなずいた。相川広美か。——この一件にどうかかわって来るのだろう？

「それから、この食堂の女の子が言ってたんですがね」

「なんだ？」

「相川広美は妊娠してたらしいですよ」

中森はちょっと間を置いて、

「確かなのか？」

と訊いた。

「いえ、その女の子の印象なんですがね、でも、まちがいない、と言ってましたよ」

——中森は受話器を置いた。

何か、中森の頭の中で、ぼんやりとした考えがまとまりつつあった。いや、考えというより直感といった方がいいだろう。

それがなんなのか、中森自身にもまだはっきりとはつかめていなかった。しかし、真相が遠くはないのだ、ということを、中森は感じていた。

永年の経験が、それを教えていたのだ。

## 10 殺人者

「そろそろお呼びがかかるころだな」

古い週刊誌を寝転んで読んでいた信一が、起き上がって言った。

「おい、柏木、ガム持ってないか？」

「ガム？　――ああ、あったよ」

「くれよ。サンキュー」

「なんだい、いったい？」

「口の中に晩飯の匂いが残ってると、キスしたときに調子狂っちまうだろ。ガムで匂いを消しとくのさ」

「なるほどね、覚えとくよ」

忠男は半ば感心し、半ばあきれて言った。

「これでなかなか気をつかうんだぜ、色男ってのも」

「おまえは気楽だな。いつ捕まるかもしれないってのに」

「くよくよ考えてたって仕方あるまい」

「自分で犯人を捜そうとか思わないのか？」

「よせよせ。そいつは警察の仕事だぜ。連中だってばかじゃないよ。そのうち、本当の犯人を見付けて、こっちは晴れて無実の身ってわけだ。それまでここでのんびりしてりゃいいさ」

忠男はつい笑ってしまった。

「そう巧《うま》く行くといいけどな」

「心配するなって。なんとかなるよ」

信一が言うと、本当になんとかなりそうな気がして来るから不思議である。

ドアがそっとノックされた。

「起きてる？」

と低い囁《ささや》き声。信一がドアを開ける。

「待ってたぜ」

「静かにね。――ご主人様がまだ起きてるから」

「大丈夫なのかい？」

「うん、居間にいるから。さ、来てよ」

「オーケー」

娘は忠男の方へ、

「じゃ、おやすみなさい」

と笑いかけ、信一の腕を取って出て行った。

「水田のやつ……」

いい気なものだ。かつてのふたりの恋人が、ひとりは殺され、ひとりは行方《ゆくえ》不明だというのに……。しかし、こうして自分たちが捕まらずにいるのも、水田が女にもてるからなのだ。あまり文句も言えない。

しかし、忠男は信一のようには割り切って考えられない。――広美はどうしてしまったのだろう？　広美の服が、なぜここにあったのか……。

壁の向こうから、信一と娘の声が聞こえて来た。何しろ壁が薄いので、よく聞こえるのだ。忠男はため息をついた。聞こうとしなくても聞こえて来てしまう。全く独身の身には辛《つら》いものである。

「寝るか」

少しやけ気味に布団《ふとん》を敷いて、もぐり込もうとしたとき、忠男は玄関のチャイムが鳴るのを聞いた。

もう夜中、十二時を回っている。こんな時間にいったいだれなのだろう？

隣室で奮戦中のふたりはまるでそんなことには気付かないようすだ。忠男はドアの所へ行って、少し開けてみた。

玄関のドアが開く音がする。だれか来たのだ。――来客か？　しかし、いくら関口が多忙でも、いまごろ訪ねて来る客というのは……。

忠男は、その客がだれなのか、確かめてみたくなった。むろん危険ではある。見付かればおしまいだ。せっかく安全に隠れているのに。信一なら、そんなばかなことはよせよ、と言うだろう。しかし、忠男は、事件が解決されるのを、ただじっと待っている気にはなれなかった。

よし、居間の方へ行ってみよう。——忠男は決心して、そっとドアを開け、廊下へ出た。靴下だけだから足音はしないが、それでもつい忍び足になる。

居間へ近付いて行くと、巧い具合に、ドアが少し開いたままになっている。中から話し声が聞こえて来た。

「——全く、なんというへまをやってくれたんだ！」

と関口の厳しい声がした。

「申しわけありません」

と言う相手の男の声は、だいぶ低くて、あまり表情がない。聞き覚えのない声だった。

「きみは腕がいいというから頼んだのだ。それが二度もしくじるとは」

「必ず巧くやります」

「そう願いたいものだな」

忠男はそっと居間の中がのぞける位置まで近付いて行った。いったい相手の男は何者なのだろう？

忠男はドアの陰に立って、こわごわ中をのぞき込んだ。

「ふたりの行方は分かったのか？」

と関口が訊いている。

「まだです」

「早くしろ。警察もふたりを捜している」

「必ず先に見付けます」

相手の男が見えた。あれは……。そうだ、信一のあとを尾《つ》けていた男だ！「二度もしくじる」と言ったのは、ホテルで信一を殺しそこねたのと、忠男を殺そうとして、誤って刑事を傷つけたことを言っているのだろう。

すると、関口が、ふたりを殺そうとしているのだ。――なぜだ？ 忠男はあまりのことに呆然《ぼうぜん》とした。

「では、いい知らせを待ってるぞ」

と言う関口の言葉に、忠男は慌《あわ》ててドアから離れた。

男が出て来て、ひとりで玄関へと歩いて行く。――まさか、捜している相手が、この屋敷の中にいるとは、思い付くまい。忠男は、玄関のドアが閉まると、ふっと息をついた。いつの間にか額に汗をかいている。

広美の母を殺したのも、おそらくあの男にちがいあるまい。きっとプロの殺し屋なのだろうが、関口はいったいどうして広美の母まで殺させたのだろうか？

関口が娘を殺したのは信一だと思い込んでいるとすれば、信一を殺させようとするのは分からないでもない。しかし、広美の母を殺す理由があるだろうか？　忠男にはさっぱり分からなかった。

ともかく信一にもこのことを知らせなくてはならない。——まあ、いまはとても話のできる状態ではないかもしれないが。

いったんあの部屋へもどろう、と動きかけたとき、居間で電話の鳴る音がした。

「関口だ。——おまえか。どうした？　——なんだって！」

関口の声が高くなった。

「出て行ったで済むか！　どうして見張っていなかったんだ！　——そうか、分かった。とにかくそっちへ行く。——待ってろ」

関口はひどく慌てたようすで居間から出て来ると、二階へ駆け上がって行き、ものの二、三分としないうちに、外出着に着替えて下りて来た。そして、玄関から飛び出して行くと、すぐに車のエンジンの音がして、それがたちまち遠ざかって消えてしまった。

夫人からの電話だったようだ。出て行った……。だれが？　あの包帯の女だろうか？　あれは広美なのだろうか？

忠男は部屋の方へともどって行った。隣の部屋のドアをノックしようとしたが、中からもれ聞こえて来るふたりの声に、忠男はすぐに話をすることは諦《あきら》めた。

中森は、はっと目を覚ました。あわてて頭を振る。

時計を見ると、二十分ぐらい眠ってしまったらしい。――やれやれ、おれも年齢《とし》だな、とため息をつく。

「畜生……」

以前は徹夜の張りこみなど、いっこうに応《こた》えなかったものだが、いまは眠気のさすのも分からないで眠ってしまう。全く、これじゃ張り込んだ意味がない。

中森は、車の窓を少し下げて、夜の外気を入れた。――関口の屋敷は、ひっそりとしている。目につかないように、門から少し離れた所に車を止めてあるので、屋敷の中のようすは分からないが、門から出入りする車や人間があれば目に止まるはずだった。

ずっとここに監視をつけておくべきだったな、と中森は思った。もう手遅れかもしれない。夫人は別荘へ出かけてしまっただろう。

その別荘の方も張らせてみようか。しかし、どこにあるのか、それも分からない。なんとか調べることはできるだろうが……。

中森はふと目をこらした。門から、人影が出て来た。関口ではない。――眠っている間にはいって行ったのだろう。三十代と、まだ比較的若い男だ。ごくありふれた背広にネクタイというスタイルだが、中森には、その男がまともな人間ではないことが、直感的に分かった。

門を出て、周囲へ目を配った、その油断のない動き。

「怪しいな……」

男は中森の方へ背を向けて歩き出した。中森は静かに車から降り立つと、男のあとを尾けはじめた。

少しでも近付けば、気付かれる。中森は、慎重な足取りで、夜の道を辿《たど》って行った。

男は正確なテンポを保ちながら歩いている。中森は極力自分の足音を、相手のそれに合わせるようにした。静かな道での尾行は、足音で気付かれることが多いのである。

そのまま三百メートルも行っただろうか。急に背後から車のライトがさして来て、中森を照らし出した。振り向くと、一台の車が猛スピードで近付いて来る。急いで道のわきへ寄ると、車は風を巻き起こしながら駆け抜けて行った。

「あれは……」

関口の車だ。――どこへ行くのだろう？　車のライトに、前を行く男も振り返った。そして中森に気付いた。車はぐんぐんと小さくなる。中森は、男がいきなり走り出すのを見た。

「待て！」

中森は叫んで駆け出した。

「警察だ！　止まれ！」

男は止まらなかった。中森は走りながら拳銃《けんじゅう》を抜き、空へ向けて一発撃った。——

男が足を止めた。

中森は少し足をゆるめて、男に近付いて行った。男は背中を向けたまま、じっと突っ立っている。

「よし、そのままこっちを向け」

中森は二メートルほどの所で足を止め、そう命じた。男がゆっくりと振り向く……。

一瞬のことだった。危ない、と思ったときは、男の右手が素早く空を切って、その手からナイフが一直線に矢のように飛んだ。引き金を引く間はなかった。ナイフが中森の右腕に突き立った。拳銃が落ちる。中森は痛みに思わずうめいて、地面に膝《ひざ》をついた。男が別のナイフを手にするのが目に映った。——殺す気なのだ。中森は左手を拳銃へのばした。男がナイフを突き出して来る。中森は左手に拳銃をつかむと、男へ銃口を向けた。男が飛びかかって来た。ナイフが振り上げられた。中森は引き金を引いた。

「なんだって？」

娘の部屋からもどって来た信一は、忠男の話に目を丸くした。

「じゃ、おれを殺そうとしたのは、麗子のおやじさんなのか？」

「そういうことだよ」

「驚いたな！　そんなに恨まれてたとはね」

「しかし、分からないんだ。おまえだけならともかく、どうして広美さんのお母さんまで……」

「そりゃ妙だな。——でも、あっちの方は、本当に強盗なのかもしれないぜ。たまたま偶然に——」

「そんなこと、あると思うか？」

「思わない」

と信一はあっさり首を振った。

「やれやれ、疲れたよ。……何しろタフなんだから、あの娘」

「そんなこと、言ってる場合か」

「だって、どうしようもないじゃないか」

「いいか、ここにいて見付かったらどうなる？　警察へ突き出されりゃいいが、これ幸い、とあの殺し屋に殺されるぞ、きっと」

「そうか」

「あっちにしてみりゃ、ここなら目撃者もないし、いくらでも隠したりごまかしたりできる。まるでわざわざ殺されに来たみたいなもんだぞ」

「そりゃ困ったな。どうする？」

と言いながら、いっこうに困ったようすでもない。

「逃げよう。ちょうど関口も出て行ってるし……」

「こんな夜中にか？」

「朝まで待つ気かい？」

「いや……。まあ、仕方ないか。でも、どこに泊まる？」

「そんなことあとで心配すりゃいいだろ」

忠男はいらいらしながら言った。

「じゃ、ちょっと待てよ」

「なんだ？」

「彼女にさよならを言って来る」

「早くしろよ。玄関の方へ行ってるからな」

「分かってるよ」

忠男はひとりで玄関の方へと急いだ。信一はまた隣の部屋へはいって行く。

玄関のドアは鍵《かぎ》もかかっていなかった。関口はよほどあわてて飛び出して行ったようだ。いったい何があったのだろう？

「いまはここから逃げ出すことを考えなきゃ……」

玄関の所で待っていたが、信一はいっこうにやって来ない。忠男は頭に来て、

「また引き止められてるんだろう、畜生！」

と呟《つぶや》いた。ひとりで行っちまうぞ。——忠男は、外のようすをうかがおうと、ドアを開けようとして手をノブにかけた。

ノブが外から回って、ドアが開いた。忠男はポカンとして突っ立っていた。

「これはこれは……」

相手の男がニヤリと笑った。

「こんな所で会えるとはな」

あの殺し屋だった。忠男はすくんだように身動きもできなかった。

「ここにいたんじゃ、捜しても見付からなかったわけだ。——おまえがいるところをみると、もうひとりの方も一緒だな？」

「ぼ、ぼくは……ひとりだよ」

こんなときでもつい信一のことをかばってしまう。

「そうか？　まあいい。ゆっくり確かめてやる。関口は出かけたんだな？」

忠男は黙ってうなずいた。

「よし。居間の方へ行け」

忠男は、男が左手を押さえているのに気付いた。見れば血が指の間を伝って落ちている。

「けがしてるの？」

「ちょいとした傷さ。だからって逃げようなんて思うなよ」

男の右手が素早く動いたと思うと、手品のように、その手にナイフが握られていた。

忠男はゴクリと唾《つば》をのみ込んで、

「分かったよ」

と言った。ここは逆らわないほうがよさそうだ。信一のやつ、何してるんだろう。

「傷の手当てをしにもどって来たのさ。おかげでおまえを見付けられた。ついてるぜ。さあ、行け」

こっちはついてないや、と忠男は内心ぼやいた。

居間へはいると、男は上着を脱いで、左腕が血に染まったワイシャツをナイフで切り裂く。なんとも手慣れたようすである。

「おい」

と忠男の方へ、

「台所へ行って、大きな器に水を入れて来い。救急箱みたいなものもたぶんあるだろう。捜して持って来い」

と言い付けた。

「ぼくが？」

「そうだ。早くしろ！」

「はい！」

あわてて忠男は居間を出ると、食堂の方へと見当をつけて急いだ。――台所はやたらと広くて、どこに何があるのやら分からなかったが、それでもなんとか、言われたとおりのものを見付けて、両手に持ってもどって行くと、

「やあ、ご苦労」

と男はいたってのんきにタバコなどふかしている。忠男はつくづく自分がいやになった。いま、逃げようと思えば逃げられたのに……。

男は手際よく傷口を洗って、薬をつけ、包帯を巻いた。忠男はソファーにすわって、そのようすを見ていたが、

「どうしてけがを？」

と訊《き》いた。

「ちょっと撃たれてな」

男は軽い口調で答えた。

「しかし、やっつけてやったぞ。刑事《デカ》をな」

「刑事を？」

「ああ、ちょいと年齢《とし》をくったやつだ」

この居間で会った刑事かもしれない、と忠男は思った。関口がずいぶん親しそうにしていた。なんと言ったか……中本《なかもと》か、そんな名前だったようだが……。

「しかし、おまえらは運が強いな」

と男は手当てを終えると、言った。

「二度もしくじったのは初めてだ」

「ぼくはべつに……。水田のやつはいつもついてる、けど」

「そうか。そういうやつってのはいるもんだ。——おまえの運はここで終わりだな」

「ぼくを殺すの？」

「そうさ」

「どうして？」

「知るもんか。こっちは頼まれてやってるだけだ」

忠男は唇をなめた。

「こ、こんな所で殺したら、関口さんが怒るよ」

「分かってるとも。ちょいと遠出してもらうことにするさ」

「あの……広美さんのおかあさんを殺したのは……」

「あのボロアパートの女か？　そうだ、おれだよ」

「やっぱり関口さんに頼まれて？」

「もちろんさ」

もう忠男はどうせ死ぬのだと思っているのか、男はスラスラと答えていた。

「強盗に見せかけろって言うから、ああいうふうにやったんだ。——そうか、あのとき部屋へはいって来たのはおまえだったんだな」

男は思い出したように、

「あのときはよく顔を見なかった。そうと分かってりゃ一緒にかたづけるんだった」

男はナイフを手の中で弄《もてあそ》んだ。

「さて……もうひとりの方はどこだ？」

「知らないよ」

「知ってる、って顔に書いてあるぞ」

と男は笑いながら言った。

「おれの目は節穴じゃない。いいか、素直にしゃべればひと突きで楽に殺してやる。言わなきゃ、じわじわと苦しみながら死ぬようにしてやるぜ」

どっちにしても殺されるのか……。忠男はため息をついた。それにしても信一はどうしたのだろう？

信一は、娘のベッドの中だった。

「もう行かないと……」

「いいじゃないの、もうちょっと」

と娘が甘えるような声を出す。

「だけど……あいつが待ってんだよ」

「待ってやしないわよ。きっと行っちゃったのよ」

「そんなやつじゃないよ」

「それなら呼びに来るはずよ」

「うん……。それもそうだな」

「ね？　いままで呼びにも来ないんだもの、ひとりで行っちゃったに決まってるわよ」

「でもなあ……。ともかくおれも行かないと。殺されるの、ごめんだから」

「あら、大丈夫よ。ここにいれば」

「見付かったら――」

「外を歩いてりゃ見付からないの？　すぐおまわりさんに見付かって監獄行きよ。留置場より、私の部屋の方がいいんじゃなくて？」

「そりゃまあ……」

「じゃ、ここにいなさいよ。ひとりなら、ずっとこの部屋にいればいいんだから」

「うん……。そうだなあ」

すぐその気になってしまうのが、信一らしいところである。

「じゃ、もう少しやっかいになるか」

「まあ、よかった！ 大好きよ！」

娘は信一に抱きついて来た。

「おい……苦しいよ……」

と言いながら、信一は娘の上になった。

「あなたって最高だわ」

娘はうっとりした声で言った。


「どうするんだ？ ふたつにひとつだぜ」

男はナイフを右手で弄んでいる。忠男は青くなってはいたが、悲壮な決意を固めていた。友人を裏切ることはできない！ どっちにしろ殺されるのなら、友情を守って死のう。

実際に殺されるときになったらどうなるか、自信はなかったが、ともかくいまのと

ころは、断固として、

「知らない」

と答えたのである。

「そうか。――気の毒にな」

男は冷ややかに言った。

「じゃ、ちょいと散歩をしてもらおうか」

と立ち上がる。そのとき、玄関のドアが開く音がした。男は素早く居間のドアへと近寄って、

「じっとしてろ！　口をきくなよ」

と忠男の方へ低い声で言うと、そっと玄関の方をうかがった。忠男も息をのんで、成り行きを見守っていた。命が助かるかもしれないのだ。――しかし、だれだろう、こんな夜中に。関口にしては、車の音がしなかったが。

男は居間のドアを少し開けて、そっと玄関の方を見ていたが、やがて不思議そうに眉《まゆ》を寄せると、

「おい、ちょっと来い」

と忠男に言った。忠男が恐る恐る立って行くと、男は少しからだをずらして、

「玄関の方をのぞいてみろ」

「どうして……」

「いいから」

忠男は仕方なくドアの隙間《すきま》から玄関の方をのぞいた。――女だ。あの、包帯を巻いた女だった。コートをはおって、玄関をはいった所で、どこへ行こうか迷っているようすだ。

「あの女はなんだ？」

男が、不思議そうに、囁《ささや》くような声で言った。忠男は肩をすくめた。

「知らないよ、そんなこと」

「ふーん。妙なこともあるもんだな」

女は、ゆっくりと階段を上って行った。二階のあの部屋へ行くのだろうか。

「どうして顔を隠してるんだ？」

「関口さんに訊けばいいだろ」

忠男はムッとして言った。自分を殺そうというやつに、いちいち答えてやる義理はない。

「しかしおもしろそうだな」

男の目が光った。何を考えているのか、忠男には見当もつかない。

「ちょっとあの女の顔を見てみよう。どうだ？」

「見てどうするのさ？」

「どんな男にも秘密がある。関口にはたっぷり礼金はもらうが、ほかに口止め料もいただければ、しばらく遊んで暮らせるからな」

そうか、関口をゆする気なのだ。忠男は、助かるかもしれないぞ、と思った。

「部屋は知ってるよ」

「本当か？」

「案内してやるよ」

男は油断なく忠男を見て、

「いいだろう。しかし逃げようなんて考えるなよ」

「分かってるよ」

「先に出ろ」

男が促《うなが》す。――忠男はそっと居間を出た。信一は何をしてるんだろう、と思った。

しかし、いまはともかく、この男のナイフから逃れることだ。巧《うま》く行けば……。

男は少し間をあけてついて来る。忠男は、ゆっくりと階段を上って行った。

# 11　現われた顔

階段を上り切った忠男は、廊下を見通したが、包帯を巻いた女は、もう部屋へはいってしまったのか姿が見えない。

忠男のあとから上って来た殺し屋は、ナイフの先でちょいと忠男の背中を突っついた。忠男が悲鳴を上げそうになる。

「よ、よしてくれよ！」

「何を突っ立ってるんだ。早くその部屋ってのに案内しろよ」

「分かってるよ。そんなにせっつかないでくれ……」

忠男は文句を言った。なんとか機会を見つけて、殺し屋のナイフから逃れたいのだが、相手はなんといってもプロである。下手《へた》に手を出して殺されたのでは元も子もない。

信一のやつは、いったい何をしてるんだ？　友人がこんな目に遭ってるってのに！

忠男は内心文句を言ったが、信一の方はかわいいお手伝いの娘とベッドでいい心持ち。まさかすぐそばでこんなことが起こっていようとは思ってもいないのである。

「——どの部屋だ？」

ナイフを構えながら、男が訊《き》いた。

「こ、こっちだよ」

忠男はゆっくり歩き出した。——包帯を巻いた女のいた部屋のドアの前で足を止めて、ここだ、というようにうなずいてみせる。

「ノックしな」

男が低い声で言った。

忠男は何が起こるのか見当もつかなかった。殺し屋のナイフから逃れなければならないのはむろんだが、それとともに、あの包帯の女の正体も知りたかったのである。

あれがもし広美だとしたら……。

「何をぐずぐずしてやがる！」

男がいらいらした声で、

「早くしねえか！」

と凄《すご》む。

忠男はそっとドアをノックした。——返事はない。忠男は殺し屋の顔を見た。

「もう一度」

言われて、忠男は少し強くノックしてみた。やはり返事はない。

「おまえ、でたらめを言ってるんじゃないだろうな？」

「確かにここだったんだよ」

男は、忠男を押しのけるようにして、ドアのノブを回した。ドアがすっと開く。——部屋に
部屋は暗かった。男が素早く壁の内側へ手を這《は》わせて明かりをつける。——部屋にはだれもいなかった。

「いないじゃねえか」

と部屋の中を見回して、男が言った。そのとき、忠男の頭にふっとあるアイデアが閃《ひらめ》いた。

「もしかすると——」

「なんだ？」

「トイレかもしれないよ。部屋の右手の方にあるんだ」

むろんそんなものはありはしないのだが、男はみごとにひっかかった。

「右手の方だって？」

とドアを大きく押し開きながら部屋の中へ足を踏み入れる。まさか、震え上がっている忠男が、こんな大胆な行動に出るとは思ってもいなかったのだろう。男は完全に忠男に背中を向けるかっこうになった。

忠男は右足を思い切り上げると、

「エイッ！」

とかけ声をかけて、男の背中をけとばした。完全に不意をつかれた男は、二、三歩前へよろめいて、ドッと床へ突っ伏した。

いまだ！　忠男は飛び上がるようにして駆け出した。階段を一気に駆け下りる。玄関から出てしまえば、なんとか逃げられる。忠男は玄関のドアへ向かって突っ走った。

逃げられるぞ！

そう思った。玄関のドアを開けようと、ノブへ手をかける。――そのとき、忠男は左腕に焼けつくような痛みを感じて、

「ウッ！」

と声を上げた。

男が階段の上から投げたナイフが、忠男の左腕に突き立ったのだ。目もくらむような苦痛に、忠男はうめきながら床へ崩れるように倒れた。

左腕がしびれ切って、右手で触れると、じっとりと濡《ぬ》れているのが分かる。血にちがいない。ああ、これでぼくも一巻の終わりか、という思いがチラリと頭をかすめる。

畜生！　まだ独身なのに、などと妙なことを考えたりした。

「妙な気を起こすからだ」

見上げると、殺し屋が冷ややかに笑みを浮かべながら見下ろしている。

「本当ならおまえは死んでるところだぜ」

と忠男の上へかがみ込みながら、

「おまえの背中のど真ん中を狙ったんだ。ちょいとはずれて腕に刺さったってわけだな」

忠男は、苦痛をあまり感じなくなっていた。どういうものか、急に頭がスッキリとして、気持ちが落ち着いて来る。これが覚悟というものなのかな、と思った。どうせ助からないのだと諦《あきら》めてしまうと、殺されるのが、そうこわくなって来たのである。

「こうなっちゃ仕方ねえな」

男は内ポケットからまたもう一本のナイフを取り出した。

「ナイフ屋でもやってるのかい?」

と忠男が言うと、男は笑って、

「まだへらず口を叩《たた》く元気はあるようだな。よし、それじゃちょいと庭へ出てもらおうか。ここでやっつけると血が床へしみていけねえや」

と一歩後ろへさがり、

「さあ、立つんだ」

と命令口調で言った。

「立てないよ……こんなけがで……」

「さっさと立ちな。——そら」

男が右手をのばして、忠男の右手をぐいと引っ張って立たせる。

そうか、と忠男は思った。やつも左腕をけがしてるんだっけ。だからあまり力がはいらないのだろう。

「このナイフを……抜いてよ」

忠男は情けない声を出した。

「刺さったままじゃ……痛くって……」

「抜けば出血するぜ」

「いいから」

男が、右手にナイフを構えたまま、傷を負った左の方の腕をのばして、忠男の左腕に刺さったナイフを抜いた。さっと血がほとばしって、床へ点々と滴《したた》り落ちる。

「さあ、早く行くんだ」

男がせかした。

「待ってよ……。そんなこと言ったって……痛くって……」

泣きべそをかきながら忠男はよろよろと歩き出して——もう、捨て身の覚悟だった。振り向きざま、右手で力いっぱい、男の左腕、傷を負った所を殴りつけた。

「うっ」

と男はうめいてよろけた。不意打ちだったのと、自分でも思いもかけない苦痛だったらしい。

「こいつ！……」

と言いながら、ひざをついてしまった。

忠男は腕の傷口を押さえながら、駆け出した。——が、慌《あわ》てていたせいか、階段を駆け上り、また二階へ上ってしまったのだ。

しまった、と思ったときには、もう二階へ上り切っていた。これじゃまた逃げられなくなる。

「待て！」

男がやっと立ち上がって、怒りの形相《ぎょうそう》もすさまじく、階段を上って来る。今度はもうのんびり笑ってはいない。アッという間もなく刺し殺されてしまうだろう。

忠男は廊下を走って、手当たりしだい、適当なドアを開け、中へ飛び込むと、ドアを閉めた。震える手でカンヌキをはめ、息を切らしながら、目を閉じた。——男はどうせすぐに忠男がここにいることをかぎつけるだろう。しかし、カンヌキをかけていれば、そう簡単には開けられまい。

古い家だから、ドアは頑丈にできている。

「助かるかもしれないぞ……」

と忠男は呟《つぶや》いた。そのとき、

「何をしてるの？」

突然、女の声がした。忠男は飛び上がらんばかりに驚いた。振り向くと、ベッドにすわってこっちを見ている女が目にはいった。しかし、明かりといっては、ベッドの頭の方のライトスタンドがひとつついているだけなので、女の顔は暗くかげって、よく見えない。だが女の着ているコート、そして、足下に投げ捨てられている包帯……。

あの包帯の女なのだ。


「何か聞こえなかったかい？」

信一はベッドからからだを起こした。

「何か、って？」

娘の方は、うつらうつらしている。

「なんだか……アッ、とかウッとか……」

「いやねえ」

娘はクスクス笑いながら、

「ここはラブ・ホテルじゃないのよ」

「いや、そんな声じゃないよ」

信一はベッドから出ると、服を着た。

「どうするのよ？」

「ちょっと見て来る」

「やめなさいよ。せっかく隠れてるのに、出て行って見つかっちゃなんにもならないじゃない」

「でも、なんだか柏木の声だったような気がするんだ」

「まさか。もうとっくにいなくなってるわよ」

「そうは思うけど……」

「朝までおとなしくしてらっしゃい。ね？」

娘はベッドに起き上がると、かけてあった毛布をはね上げた。――みごとな肢体が現われて、信一はニヤリとした。

「最高だよ、きみは！」

「じゃあ、ここにいなさいよ。――ね？」

信一は迷ったが、さすがにそうそう娘の相手ばかりしていちゃ身がもたない。少しは休憩もしなくては。

「すぐもどって来るよ」

「本当？　気を付けてよ」

「大丈夫。おれはついてる男なんだ。危険の方でおれに遠慮して、避けて通ってくれるのさ」

信一は娘に軽くウインクしてみせると、ドアをそっと開け、外のようすをうかがってから、スルリと抜け出した。玄関の方へと歩いて行く。——忠男は二階の部屋、殺し屋の方は忠男を追って階段を上って行ってしまったあとなので、当然、だれもいない。

「気のせいかな……」

あまりあちこちのぞき込んで、本当に取っつかまっちゃおしまいだ。信一は早々にもどろうとしたが、

「そうだ」

と思い付いて、居間へ足を向ける。そっとドアを開けて中を見回す。——だれもいない。

「失礼しますよ」

と呟いて、中へはいると、豪華なサイドボードの方へ。なんのことはない。こんな

家なら、さぞいい酒があるにちがいない、というわけで、少しもらって行って寝酒にしようと思ったのである。

「――こいつは豪勢だな！」

さすがに、ガラス扉の奥には外国のウイスキー、ブランデー、コニャック……。名前だけしか聞いたことのない逸品やら、聞いたこともないが、いかにも高価そうな品が、ひしめき合うように並んでいる。これだけありゃ、一本ぐらいなくなったって気が付きやしめえ。

信一はガラス扉を開けると、さすがにちょっと遠慮して、ジョニ黒を一本取り出し、ついでにみごとにカットされたグラスを二個出して、扉をそっと閉じた。

「おれの命を狙ったのが関口だっていうんだからな」

と信一はひとり言を言った。

「これくらいいただいたって構わねえだろうさ」

あんまり理屈にはかなっていないような気もしたが、元来、そういうことはあまり気にしない性質《たち》である。

さて、もどるか。――酒びんとグラスを両手にかかえて、ドアの方へ向き直った信一は、ギョッとして立ちすくんだ。

ドアにもたれて、男が立っている。もう初老といっていいくらいの年齢だが……。

「あの……今晩は」

と信一は言った。ほかにどういっていいものか思い付かない。

「ちょっとお酒を──」

と言いかけたとき、その初老の男が、ふらりとドアから離れて、部屋の中へ足を運んで来た。ようすがおかしい、と気付いて、

「どうしたんです？」

と訊《き》いたが、答えを聞くまでもなく、その男が腹から血を流しているのが目に止まって、ぎくりとした。

相当なけがらしいということは、信一にも分かった。しかし、だからといってどうすればいいのかは分からない。相手はやっとのことでソファーの所まで辿《たど》りつくと、

「きみ……電話を……」

と苦し気に言った。

「電話ですか？」

「かけてくれ……警察へ……」

警察？　信一は面食らった。

「あ、あの……どうしたんです？」

「ナイフの……殺し屋だ。……この家へ来ただろう……」

「殺し屋？　あなたは？」

「警察の者だ。……さあ、早く電話をしてくれ。……私は中森……」

そう言うなり、男はガックリと頭を落とした。——死んでしまったのだろうか？

信一は、大事にかかえていたウイスキーとグラスをテーブルへ置き、恐る恐る男へ近付いて行った。

「……死んじゃいないな」

わずかに胸が上下している。息があるのは確かだが、この出血では、ほうっておけば死んでしまうにちがいない。

「参ったな！」

と信一は呟いた。何しろ自分は警察に追われている身である。その自分が警察を呼ぶなど、無茶な話だ。といって知らん顔をしていればこの男は死んでしまうだろう。

「畜生、ついてねえや」

と信一は舌打ちした。二階で、殺し屋に追われている忠男に比べれば、ずっとましだということなど分かるはずもない。——どうすればいいだろう？

「ともかく部屋にもどってからだ」

のんきなもので、信一は、ちゃんとウイスキーとグラスは忘れずに持つと、急いで娘の部屋へもどった。

「どうだったの？」

と娘がベッドの中から訊く。

「うん、男が血まみれで居間へ転がり込んで来たよ」

娘はちょっとびっくりしたように目を丸くしたが、すぐにプッと吹き出して、

「いやあね！　本当かと思ったじゃないの」

「――本当だよ」

「また、冗談ばっかり。あら、ウイスキーをくすねて来たのね？」

「ちょっと借りて来たのさ。ともかく早く警察へ電話しないと、あの人、死んじまうんだよ」

「まだ言ってるの。一杯飲みましょうよ」

とまるで本気にしない。

「うん、それじゃ……」

ふたりはグラスを空けた。

――信一も、さすがに気が気ではない。

「ねえ、きみが電話してくれよ。おれじゃまずいからさ」

「あら、だって……」

と娘はまじまじと信一の顔を見て、

「本当なの？」

「そう言ってるだろ！」

「その人、だれなの？」

「警官だってさ」

「へえ。警官もやられることあるの。テレビの刑事物なんか見てると、不死身に見えるけど……」

「冗談言ってる場合じゃないぞ」

と、信一は、およそ似つかわしくないセリフを口にした。

「しようがないわね。じゃ電話するわ。なんて言えばいいのかしら？」

「そうだな。ただ、『警官が大けがをしてはいって来たので、パトカーと救急車を頼みます』って言えばいいだろう」

「分かったわ」

娘はパジャマ姿にスリッパをひっかけ、部屋を出ようとしたが、

「ねえ、一一〇番？　一一九番？　どっちだっけ？」

と振り向いて訊いた。

「一一〇番でいいだろう」

「オーケー」

娘が出て行くと、信一はフゥッと息をついてベッドへすわった。——どうせ十分としないうちにパトカーやら何やらがけたたましい音を立ててやって来るのだ。ここにいれば見つからずにすむかもしれない。

信一はジョニ黒をもう一杯グラスへ注いで、少しずつ飲んでいたが、

「待てよ」

と呟《つぶや》いた。あの刑事、何か言ってたぞ。なんだったろう？　——殺し屋にやられた。そして……この家に来た。この家に来た？

「大変だ！」

と信一は立ち上がった。

そのとき、外でガタガタッと何かが転がるような音がして、続いて、

「キャーッ！」

とお手伝いの娘の悲鳴が聞こえて来た。信一は部屋から飛び出して行った。


「ここで何をしてるの？」

その女はもう一度訊いた。

「追われてるんだ。殺し屋に」

忠男はそう言ってから、

「きみは……何者なんだ？」

広美でないのは声で分かった。女はベッドから立ち上がると、ゆっくり近付いて来る。

忠男はドアのわきを右手で探って部屋の明かりをつけた。女はちょっとまぶしげに目を細めた。——見知らぬ顔だ。いや、どこかで見たこともある……。

「あなたはだれ？」

と女の方が訊いて来た。——まだ若い。二十歳になるやならずというところだろう。

「ぼくは……探偵社の者で……」

「ああ」

と女はうなずいた。

「柏木って言うのがあなたね」

「そ、そうだよ。——きみはだれなんだ？」

相手が自分の名前を知っているのを不思議に思いつつ、忠男は訊いた。

だが、相手が答える前に、ドアをドンドンと叩《たた》く音がして、忠男は思わずあとずさった。

「おい！　ここにいるのは分かってるんだ！　開けろ！」

と殺し屋のいきり立った声がする。忠男は立ちすくんで、身動きもならなかった。

カンヌキがかけてある。そう簡単には……。すると、女がつかつかとドアの方へ歩いて行った。

「おい――」

と呼びかける間もなく、女はカンヌキをはずしてしまった。そしてドアをぐいと引いた。

「やっぱりいたな……」

殺し屋は残忍な笑いを浮かべていた。そして女に気が付いた。

「――あんたは?」

「私?」

女が肩をすくめて、

「この家の娘よ」

忠男はアッと声をあげた。自分が追いつめられていることも忘れていた。見覚えがあると思ったのは、新聞の記事で、ぼんやりとした写真を見たからだ。

その女は、関口麗子だった。

「なんだと?」

殺し屋の方も、面食らったようすだ。

「からかう気か? この家のひとり娘は殺されたはずだぞ」

「じゃ、きっと幽霊ね」

と関口麗子の方はいたって平然としている。

——忠男は我に返った。殺し屋は麗子の方に気を取られている。いまがチャンスだ！

忠男は飛び出した。殺し屋のわきをすり抜け、廊下へ駆け出す。

「待て！」

相手も素早くあとを追った。

忠男は必死だった。これが最後のチャンスだ、と思った。ここで追い付かれたら、おしまいだ！

階段を駆け下りる。殺し屋は階段の上でピタリと足を止めた。ニヤリと笑みが浮かぶ。ナイフの刃の方を持って、駆け下りて行く忠男の背中へ狙いを定める。——はずすことは絶対にない。

「あばよ」

と一言、ナイフを振り上げて——その瞬間、殺し屋の背中を、二本の手が思い切り突いた。

殺し屋も、背後は全く無防備だったからこらえようもない。

「あっ！」

と短く声を上げて、階段を一気に転げ落ちる。ダダッと加速して、男のからだは階段の下から数メートルも先まで転がって行ってしまった。

忠男は呆然《ぼうぜん》として、ぐったりとのびた殺し屋を見つめた。階段の上から、関口麗子が、冷ややかにそれを見下ろしている。

「キャーッ」

という悲鳴に驚いて振り向くと、あのお手伝いの娘が立っている。そして、信一が部屋から飛び出して来た。

「どうしたんだ！」

「水田、おまえ――」

「なんだ、柏木。まだいたのか？」

「まだいたのか、だって？　ふざけるな！」

さすがに忠男も頭へ来た。

「殺し屋に殺されるところだったんだぞ！　この傷を見ろよ！」

「そうか……。そこへのびてるのは、例の……？」

「ああ、そうだよ」

と言ってから、はっとして、

「そうだ！　それより、水田、大変なんだ」

「なんだよ？」

「生きてたんだ！」

「だれが？」

と信一が訊《き》き返したとき、階段の方から、

「信一さん、元気そうね」

と声がした。――お手伝いの娘が唖然《あぜん》として、

「お嬢さん！」

と叫んだ。信一はしばし目をパチクリさせていたが、

「きみか！　――驚いたね！」

とため息とともに言った。麗子はゆっくりと階段を下りて来た。

「ちゃんと足もあるでしょ？」

「どうなってるんだい？」

忠男はふたりの間へ割り込むようにして、

「きみが生きてるとすると、海岸で殺されていたのは？」

と訊いた。

そして答えは待つまでもなく、明らかになった。

「そうか……。あれは相川広美さんだったんだな……」

しばし、沈黙があった。

「そうよ」

と麗子が言った。

「私があの人を殺したのよ」

## 12　真　相

「でも、正当防衛だったの。本当よ」

麗子は続けて言った。

「正当防衛？　すると広美さんが――」

「私を殺そうとしたの」

麗子はひとつ息をついて、

「あの朝、ドライブへ出かける直前に、あの人から電話がかかって来たの。水田信一さんのことで、お話がある、ってね。私も信一さんにほかの恋人がいるぐらい想像していたから、そうびっくりはしなかったけど、こっちは忙しいんだからって突っぱねてやったわ。でも向こうが、どこへでも行くと粘るもんだから、じゃあ鎌倉へドライブしているから、そこまでいらっしゃいと答えたの。――まさか本当に来るとは思ってなかったわ」

「広美さんはせっぱ詰まってたんだ」

「妊娠してたんですってね」

と麗子はうなずいた。信一が頭をかいて、

「おれは知らなかったんだ」

と言い訳がましく言った。

「ともかく、ドライブしてる間に、彼女のことなんかすっかり忘れてたわ。でも、向こうで信一さんと喧嘩《けんか》して別れ、ひとりで車を走らせていて、ふっと思い出したの。来てないだろうとは思ったけど、一応行ってみたのよ。すると、彼女、言ったとおりの場所で待ってたわ……」

「それで車に乗せて――」

「話っていっても、あんまり楽しい話にならないのは分かってたから、車で海岸の方へ出たわけよ。彼女、信一さんと別れてくれって私に頼んだわ。私にはいくらでも男が寄って来るだろうけど、自分には信一さんしかいない、って泣き出してね……」

忠男は胸をしめつけられるような気がした。広美の胸中は、どんなにか辛《つら》かったことだろう。

「私、ああいういじけた女って大きらいなのよ。いらいらして来て、だれがあんたなんかにあの人を譲るもんですか、って言ってやったわ。悔しかったら、あの人を奪ってごらんなさいよ、ってね」

「で、彼女がカッとなって——」

「車を走らせはじめてからよ。じっと黙ってうつむいてたけど、突然、私の首をしめようとしたの。車が砂地へ突っ込んで、そのショックで手がゆるんだわ。もう私も必死で……気が付いたら、あの人の首をしめていたの」

麗子はさすがに少し低い声になった。

「それで？」

「やっと我に返って……自分のしたことが怖くなったわ。車から出て、近くの公衆電話まで歩き、父へ電話をしたの。父は驚いて、そこにいろ、すぐに行く、と言って、駆けつけて来てくれたわ。私は全部の事情を話したの。父はしばらく考えていたけど——」

「その先は私が話す」

突然、声がして、振り向くと、関口石文が、玄関のドアの所に立っていた。

「やっぱりもどっていたのか。麗子、どうして言うことを聞かないんだ！」

「もうやめて、おとうさん。私、いやよ。一生幽霊みたいに自分もなしに過ごすなんて」

「おまえは私の言うとおりにしていればいいんだ！」

関口は厳しい口調で言った。忠男は関口の方へ向き直ると、

「死体を麗子さんと入れ替えようと思い付いたのは、あなたなんですね？」

と訊いた。

「そのとおり」

関口は平然とうなずいた。

「麗子の車の中で、女が殺されている。その女は麗子とはいわば恋敵《こいがたき》だ。正当防衛といっても、それが認められる可能性は少ない。——私は、娘を施設や刑務所へ入れることは絶対にさせまいと思ったのだ」

「それで服を——」

「まず、首をしめた跡から指紋が採《と》れるかもしれんと思い、その娘のベルトで上からもう一度首をしめた。そして服を脱がせ、麗子にも服を脱ぐように言った。——幸い、ふたりは体型が近かったので、そうおかしくはない。私は、バッグの中に、手帳だけを残して、ほかの物は取っておいた。免許証には写真がついているから、残しておくわけには行かなかった」

「そして翌朝、警察に呼ばれると、広美さんの死体を、麗子さんだと確認したわけですね？」

「そのとおり。実の父親がそう言うのだから、疑う者がいるはずはない。あとはできるだけ早く死体を引き取って葬儀をすませてしまうことだった」

「でも、葬儀に、死体の顔を見た刑事がいたら、写真と違うのがわかったでしょう」

「わざと、ぼけた写真を使ったのだ。それも何年か前のやつをだ。髪型も違う。何枚も焼増しして、新聞などにも配って、それを使わせた」

「そして麗子さんを遠くへ——」

「外国へやるつもりだった。ともかく私が自分で手配をしているから、私の手があかない間は、ここへ置いておくほかはなかった」

「それであんな包帯を……」

「中森のやつがどうも怪しみ出したようなので、よそへ移そうとしたのだが、麗子が勝手にホテルを抜け出して来てしまったのだ」

麗子は、父親の話を、無表情にポケットへ手を突っ込んだまま聞いていた。

「中森って……あのときの刑事ですね？　この殺し屋がやっつけてやったと言ってたけど……」

と忠男が言うと、信一も、

「そうだ、忘れていた！　おい、きみ、電話かけたのか？」

「まだよ」

とお手伝いの娘が言った。

「だって、いきなり、その男が階段を転がり落ちて来て――」

「その刑事らしいのが、居間で死にそうになってるぜ」

「なんだって！」

忠男は居間へ急いだ。もう自分の傷のことなどほとんど気にならない。――みんなも忠男に続いて来た。

「まだ息がある。――早く、警察へ電話するんだ！」

と、中森のようすを見ていた忠男が言った。

「よし、じゃおれがかけてやる」

と信一が電話の方へ歩きかけると、

「それは困るね」

と入口の所で、関口の声がした。――いつの間にか、自動式の散弾銃を手にしている。

「私はハンティングが趣味でね。腕は確かだよ。ちゃんと弾丸もはいっている」

「おとうさん、やめて！」

と麗子が言った。

「おまえは黙っていなさい」

と関口は制して、

「これはもう、おまえのためだけではない。私のためでもあるんだ」

関口は銃口を忠男たちの方へと向けた。

「どうして、あんな男を雇って人殺しまでやらせたんだ?」

と忠男は言った。銃口が目の前にあっても、恐怖は不思議に感じない。一度死を覚悟したせいだろうか。

「私は何事も徹底的にやる男だ」

関口は静かな口調で言った。

「問題はあの娘が姿を消したことになる、という点だった。調べさせると、母親がいる。もし尋ね人の広告でも出されて、顔写真が出たら、死体を見た者で気付く者がいるかもしれない。それにきみらふたりだ。そこの水田というのは、麗子と、死んだ娘と両方をよく知っている。きみも死んだ娘とは親しかったようだし、うちの娘のことも、知っているかもしれんと思った。何しろ水田の親友だし、たまたま私が水田のことを調査させたわけだからな。――まず、差し当たり、死んだ娘のことを、捜そうとする者があるとすれば、きみらふたりと彼女の母親の三人が考えられた。そこで私はあの男を雇って、その三人を消そうと思ったのだ」

「ひどいことを！——あんな病気の母親まで殺すなんて！」

「仕方がなかったのだ。しかしきみらは……」

と関口は忠男と信一を交互に見て、

「全く運の強い連中だな。ふたりともほかの人間を身代わりにして生きのびた。しかも、あの男を逆に倒してしまった」

ふたりは顔を見合わせた。

「その運もおしまいかな」

と信一が呟《つぶや》いた。

「だが、私がきみらを殺してやる。なんとしても、私は計画をやり通すぞ」

「そんなこと、できるもんか！」

忠男は挑みかかるように言った。

「どう説明する気だ？　この刑事とぼくらを殺して、なんと言って警察を納得させる？」

「きみらは警察に手配されているんだ。忘れるな」

関口は平然として答えた。

「当然、この刑事を殺したのはきみらふたりだ。そして私はきみらが襲いかかって来そうになったので、夢中で引き金を引いた……。あの殺し屋の方は、死んでいたらどこかへ運んで埋めてしまうし、生きていれば金をやって高飛びさせる。——私は名士だ。人望もある。きみらのように、手配されている人間よりも、ずっと信用されているのだからな」

「そう巧《うま》く行くもんか……」

とは言ったものの、忠男も関口の言うとおりかもしれない、という気がした。なんといっても、自分はちっぽけな探偵社の社員——もっとも、もうクビになっているだろうが——だし、信一の方はもっと悪い。世間の普通のおとなの目から見れば「不良」の部類にはいるだろう。

それと、財界の大立者《おおだてもの》・関口と比べたら、どっちが信用されるか、分かり切っている。おまけに、こちらはふたりとも死体になって、口がきけなくなっているとしたら、まるきり絶望である。

「どうしても殺す気か？」

「そうだ」

「じゃ彼女はどうする？」

と忠男は、お手伝いの娘の方を見た。関口もちらりと彼女の方へ目をやる。

忠男は関口に向かって突進した。——が、距離がありすぎた。関口が銃口を忠男へ向ける。

やられる！

忠男は思った。そのとき、突然、関口の背後から人影が飛び出して来たと思うと、関口の前へ立ちはだかった。

銃声が耳を打った。忠男は、その人影が短く声を上げて倒れるのを見た。

「おかあさん！」

麗子が叫んだ。

「雪江……」

関口が愕然《がくぜん》として、銃を取り落とした。

関口雪江が、腹部を血に染めて倒れていた。

「雪江……。なぜだ……。どうしてこんなことを……」

関口はかがみ込んで、妻のからだを抱き起こした。

「私を追って来たんだわ……。ああ、おかあさん！　こんな……ひどい！」

麗子は両手で顔を覆《おお》って、うずくまった。

しばらくは、だれも動かなかった。——やっと我に返った忠男は、急いで電話へと走ると、一一〇番を回した。

「——すぐにパトカーと救急車が来るはずだ。きみ、悪いけど、道へ出ていてくれないか。すぐ分かるように」

　言われて、お手伝いの娘は、

「はい」

　と急いで居間を出て行った。ここにいるよりは、よほど気が楽だと思ったのだろう。

「ひどいことになったな」

　と信一が忠男に言った。

「全くだ」

「おい、柏木。おまえのけが、大丈夫なのか？　ずいぶん血が流れてるぜ」

「ああ、大したことないよ」

　忠男は本当にそう思っていた。目の前の、胸をふさがれるような光景に比べれば、腕の傷ぐらい、なんだろう。

「なあ、水田」

「なんだい？」

「おまえ、分かってるのか？　もとはと言えば、おまえがふたりの恋人を巧く操ろうとしたせいなんだぞ」

「うん……。それはそうだな」

　と信一は渋い顔でうなずいた。

「そのために、いったい何人が死んで、何人が傷ついたと思うんだ?」

「分かったよ。――おれが悪かった」

信一は神妙な顔で言った。

「今度からは真面目《まじめ》に大学へ行けよ」

「そうするよ」

「まあ、おれたちも、ただじゃすまないだろうけどな」

忠男は憂鬱《ゆううつ》な気分で言った。何しろ警官を殴っているのだ。ちょっと小言を食うぐらいですむとも思えなかった……。

## エピローグ

「やあ、きみか」

病室へはいって行くと、ベッドから中森刑事が笑いかけた。

「近くへ来たものですから、お見舞いに……」

忠男は果物のかごをベッドのわきへ置いて、

「お元気そうですね」

「もう少しで退院できそうだよ」

「よかった。心配してたんです」

「きみの腕はどうだ？」

「ええ。どうも、いつも半分しびれてるような感じで……。でも、仕方ありません。命をなくすところだったんですから」

「全くだね」

と中森はうなずいて、

「勤めの方は？」

「探偵社は辞《や》めました。もっと無難な所へ、と思って。いま、探してるんです」

「いい所が見付かるといいな」

「ありがとうございます。ああ、それから——」

「なんだね？」

「もうひとつお礼を言おうと思ってました」

「はて、なんのことかな？」

「中森さんが口をきいてくださったんでしょう？　ぼくが警官を殴ったこと……」

「ああ、あれか」

と中森は笑って、

「まあ、巡査の方も、若くて手落ちもあったようだしね。それにきみのおかげで私も助かったんだから」

「——大変な事件でしたね」

と忠男はしみじみと言った。

「全くね。まあ、関口の奥さんが一命を取りとめたのが救いといえばいえるが」

「でも、これから大変でしょうね、関口の裁判で」

「そうだろうな」

「実は、ひとつ分からないことがあるんですが……」

「なんだ?」

「関口はどうしてぼくをわざわざ呼んで、麗子さんを車で送ってくれなどと頼んだりしたんでしょう?」

「いや、あのときは本気できみに頼む気だったのだと思うよ」

「というと?」

「水田の調査をきちんとやったので、きみに会ってみたくなったのかもしれない。ともかく、きみが殺された相川広美と親しかったことは、まだ知らなかったのにちがいない。それが分かったのと、私が怪しんでいるらしいと察したので、翌日、仕事を断って来たのだろう」

「そうか。じゃ、だれかにぼくのことを調べさせておいて、その報告がまだ来てなかったわけですね」

忠男はやっと納得が行った。

「……関口は、どうなるでしょう？」

「どうかな。死刑にはならなくとも、かなりの刑だろうな」

「何しろ殺し屋を使ってふたりを殺させ、立川刑事に重傷を負わせてるんですからね」

「まあ、考えてみれば、あいつもかわいそうな男さ。――一国の主《あるじ》みたいなもので、自分なりの法律があるような気でいるんだ。だから、あまり罪の意識はないらしい」

「そうですか」

「それより残念なのは、殺し屋を死なせてしまったことだ。生かして捕まえていれば、ほかにも殺人をやっていた、ということもあっただろうが。まあ落ちた拍子に、自分のナイフで胸を突くとは、まさに自業自得《じごうじとく》と言うやつだなぁ」

「そうですね」

「それはそうと、きみの友人はどうしたね？」

「水田ですか？　一度も見舞いにうかがいませんか？　――やれやれ！」

忠男はため息をついた。

「悪いやつじゃないんですが……。ただ、どうも生まれつき調子のいいやつで」

「そういう人間もいるものさ」

と中森は言った。


病院を出ると、忠男は明るい陽《ひ》の当たる道をぶらぶらと歩き出した。

何もかもが、悪い夢のようだ。広美も死んでしまった。そしていま、自分は失業中。

「ついてないよ、全く」

と忠男はぐちった。

「柏木さん」

女の声に顔を上げる。

「やあ」

関口麗子だった。

「どこへ行くの？」

「あの刑事さんの入院してらっしゃるの、この先でしょう？」

「いま、行って来たところさ」

「母が、見舞いに行ってらっしゃい、って言うもんだから……」

「病室まで案内してあげよう」

「いいんですか？」

「うん。どうせ暇だからね」

ふたりはいっしょに歩き出した。

「お仕事は？」

「失業中」

「まあ。大変ですね」

「きみだって大変だろう」

「そう……。でも自分のやったことの責任はとらないと」

「正当防衛だもの。きっとたいした罪にはならないよ」

忠男はそう言ってから、ちょっとためらって、

「あの……水田のやつ、きみに何か連絡してるかい？」

「信一さん？　──ええ、ときどき会ってます」

「会ってる？」

「以前みたいにスポーツカーでドライブってわけには行かないけど。たまに信一さんのアパートへ行って、料理を作ってあげたりしているんです」

「へえ」

忠男はなんとも言いようがなかった。あんな事件まであったのだから、もう信一の

ことなど見向きもしていないにちがいないと思っていたのである。

「あの人が、頼りになるいい人だとは思ってません」

と麗子は言った。

「でも、どうしても……なんというか、憎めないところがあるんです。つい面倒をみたくなるような……。そんなこと言ってられる場合じゃないんですけどね」

忠男はつくづく信一がねたましかった。いったいあんなやつのどこがいいんだ！

「どうしてため息をついてるんですか？」

麗子が不思議そうに訊《き》いた。

「柏木か。はいれよ」

信一が顔を出して言った。

「ちょうどいいや。ひとりで食うのもつまらないと思ってたところだ」

信一の部屋へ上がって、忠男はびっくりした。食卓には、すき焼きがグツグツと音を立てて、うまそうな匂いを溢《あふ》れさせている。

「おまえが作ったのか？」

「いいや、加代子《かよこ》のやつさ」

「加代子？」

「ほら、あの関口の所の、お手伝いの娘さ」

「ああ、あの……」

「週に二回ぐらいは、来て夕食を作ってくれるんだ。麗子も週に一度ぐらい来るし、大体週三回は夕飯の心配はしなくていい。助かるよ、全く」

信一はいたって素直に喜んでいる。

「あきれたやつだな。おまえ、まだこりないのか？」

「何が？」

「何が、って……。そんなふたりをかけ持ちしたりして」

「いや、今度は大丈夫」

「本当か？」

「ちゃんとふたりともお互い知ってるんだ、ここへ来てることを。承知の上さ。べつにやきもちを焼くでもないし、一方が忙しいときはもう一方に連絡して行かせたりしてね。うまくやってくれてるよ」

「そうかね……」

いささか憮然《ぶぜん》としながら、ともかく忠男もすき焼きを突っつきはじめた。

食べはじめて少しすると、ドアをノックする音がした。信一が出ると、

「あら、お客様？」

と女の声がした。見れば、小太りの、愛らしい娘が立っている。

「いいんだ。古い友人だから。はいれよ」

「そう？――お酒持って来たわよ」

「いつも悪いなあ」

「いいのよ」

「さ、上がって。――こいつは柏木と言うんだ。これは大学で同じゼミにいる津《つ》永《なが》待《まち》子《こ》」

「今晩は！」

忠男は娘の元気よさに圧倒されて、

「どうも……」

とだけ言った。

「彼女はな、酒問屋の娘なんだ」

と信一が言った。

「だから、いつも特級の酒をもらっちまうんだ。――おまえもやれよ」

「あ、ああ……」

忠男はもうあっけに取られるばかりである。

少し飲んで、早々に退散することにした。

表へ出て、信一の部屋の窓を見上げると、信一が顔を出し、

「また来いよ！」

と声をかけて来る。

軽く手を上げてから、歩き出し、忠男はゆっくりと首を振った。

「なんてやつだ、全く」

もう、あんなやつの所へ二度と行くもんか！

忠男はそう思った。——しかし、忠男にも分かっている。また一週間としないうちに、ここへ来ることになるだろう。就職先が決まったら、信一に真っ先に知らせることになるだろう。

信一は、そういうやつなのだ。

「不公平だなあ、人生は」

そうぐちって、忠男は足元の空き缶を思い切りけっとばしてやった。

# 単行本版あとがき

お芝居や映画に「主役」と「わき役」があるように、現実の世の中でも、いつも目立って、みんなの注目を引いている人間と、地味で控えめ、さっぱり人から憶《おぼ》えてもらえない人間がいる。

「ふたりの恋人」の信一はもちろん前者で、忠男は後者である。

作者自身はどうだったか、というと——これはもう間違いなく「わき役」の立場。

いや、映画なら「その他大ぜい」の一人という程度だったろう。

小学生のときは「おとなしい」を通り越して、「いるかいないか分からない」と先生に言われていた。中、高と六年間同じ私立学校へ通い、本はたくさん読んでいたから、現代国語だけはいい点をとっていたのに——。

作家になってから、母校に講演に行ったとき、二年間ずつ習った国語の先生二人が二人とも首をかしげて、

「どうしても思い出せない」

とは……。

情けなくなったのも当然のことだろう。

けれども、学生のころ読んだアガサ・クリスティのミステリーの一冊（タイトルは忘れた）で、主人公が、自殺しようとする女性を止めて言った言葉が忘れられない。

「君は神様の書いたお芝居の登場人物の一人なんだ。君が自殺したら、そのせいで、死ななくてもいい人間が死んでしまうかもしれないんだよ」

正確なところはよく憶えていないが、若かった僕は、「どんなにとりえのない人間でも、生きて行く意味はあるんだ」としみじみ思ったものだ。

今になって考えれば、あれほど不器用で何をやっても下手くそだったからこそ（卓球なんかクラス最下位！）、自分が打ち込めるただひとつのこと——小説を書くということをやめずに続けたのだろう。

この「ふたりの恋人」は僕のずいぶん若いころの作品である。何だか、調子が良くていい加減なのに、やたら女の子にもてる信一のことをうらやましがっているようにも読めるが、本当のところは、「人さまざまだからこそ、生きることって面白い」と感じてもらえれば嬉《うれ》しい。

僕が今、五十年近く生きて来て分かったことといえば、はた目には「信一みたい」に見える人間でも、実はほとんどは「忠男みたい」に相手のことをうらやましがっているという事実なのである。

赤川次郎

# 第二のあとがき

「ふたりの恋人」を書いてから、もう40年以上たっている。

男女の仲。――惚《ほ》れる、振られる、もてる、もてない、といった関係のありようは、今もそう大きく違わないだろう。しかし、21世紀になった今、前の〈あとがき〉を書いたころと大きく変ったのは、言うまでもなく、SNSの存在である。

携帯電話が普及したばかりのころには、作家にとって「話の展開が変る」ことが問題になるぐらいだった。「ふたりの恋人」だって、もし時代を具体的に2024年に設定していたら、あちこち書き直さなければならない。誰もがスマホを持ち、遠い外国とでも直接ビデオ通話ができる時代である。

それでもなお、この「ふたりの恋人」を読んだ人が主人公たちに共感したり、反発したりしてくれるなら、作者としてこんなに嬉《うれ》しいことはない。

前の〈あとがき〉からも、すでに四半世紀たっているが、改めて読んでみると、思うことはほとんど変っていない。要するに精神的に成長していない、とも言えるが。

70代も後半に入った作者からみると、子供でなく孫と言ってもいい主人公たちに言いたいことは、教訓でも説教でもなく、「こんな世の中にしてしまった」ことへのお詫《わ》びである。

かつて、人類が滅亡する危険は、核大国の指導者さえ冷静な判断力を持っていれば避けられた。しかし今は……。

2018年1月13日、ハワイ中に「弾道ミサイルがハワイに向っている」という警報が出され、人々はパニックになった。誤報と分るまでに38分もかかったのは、取り消しに必要な州知事のSNSの「パスワードを忘れていた」からだった。

もしAIが自動的に反撃してミサイルを発射していたら、それをきっかけに、第三次世界大戦が起きていたかもしれない。

今や人類滅亡の可能性は、核戦争、原発事故に加え、感染症、異常気象、そしてSNSによるフェイク情報の拡散など、いくつにも増えている。それを止められなかったのは、私たち世代の責任だ。

今、作者として「ふたりの恋人」の主人公たちに望むことがあるとすれば、「いつまでも、そうして好きになったり、嫌いになったりしていてほしい」ということだ。

その限りでは、少なくとも世界は滅亡していないのだから。

赤川次郎

# 解説

髙《たか》倉《くら》優《ゆう》子《こ》（フリーライター）

いつの時代も、女性が放っておかない（おけない？）魅力的な男性がいるものだ。それも権力や財力で女性を惹《ひ》きつけるのではなく、女性のほうが貢ぎ、世話を焼きたくなるような「ヒモ」体質の男性が一定の支持を集める。一例を挙げると、「ホス狂い」と呼ばれる女性たちに尽くされているホストもそういった存在かもしれない。女性たちは「推し」の男性を人気ホストに押し上げるため、また、会ってもらう時間を確保するために、大枚をはたいてホストクラブに足しげく通うのだから。

「なぜそうまでして彼に尽くすのだろう？」と不思議に思うけれども、本人が幸せなのであれば、他人が口を出すのは大きなお世話というものなのだろう。

さて本作の主人公・水田《みずた》信一《しんいち》もまさに、そういったタイプの非常にモテる男性だ。大学の授業にはあまり出席せず、バイトもしないで自由に遊び暮らしており、モラトリアムを大いに満喫している。

そんな彼には、ふたりの恋人がいる。

ひとりは、社長令嬢の関口麗子《せきぐちれいこ》。その名が表すように華やかな女性で、四つの会社を経営する父・関口石文《いしぶみ》から誕生日に贈られた真っ赤なポルシェを乗り回し、信一と会うたびに数万円のこづかいを渡している。その様はまさに、ホストに貢ぐ上客そのもの。信一に夢中なのだ。

もうひとりは、相川広美《あいかわひろみ》。食堂で働きながら病気の母親の世話をしている地味な（けれどよく見ると整った顔立ちをしている）女性で、月に三、四回、信一のアパートに泊まっていく。こちらも彼のことが好きでたまらない様子だが、信一は身の回りの世話を担わせたり、スキンシップの相手にしたりと都合よく扱っている節がある。

まったく違うタイプの美しい女性たち。彼女たちがキーパーソンとなる物語なのだ。

物語は、麗子が運転していた車が海辺で事故を起こし、帰らぬ人になってしまったことで大きく動き出す。

事故死かと思われたが、首には黒いエナメルのベルトが巻き付けられており、他殺と判明。警視庁のベテラン刑事・中森《なかもり》らによる捜査が始まった。

また時を同じくして、広美が行方不明となり、さらに広美の母親が殺されているのが発見される。つまり信一の恋人のひとりが殺され、もうひとりは行方不明になってしまったのだ。

一連の事件の重要人物として警察にマークされた信一は、高校時代の同級生で、探偵会社に勤める新米探偵の柏木忠男《かしわぎただお》とともに事件解明に乗り出すが、謎の殺し屋に命を狙われるハメになって……というのが大筋だ。

麗子はなぜ、そして誰に殺されたのか。さらに、信一や忠男はどうして殺し屋に狙われているのか――。

一筋縄ではいかない人間模様を織り交ぜつつ、真相が軽やかな筆致で明かされていくさまは、まさに赤川次郎《あかがわじろう》ワールド全開。

飽くことなく、ぐいぐい読ませる。

ジャンル分けするならば、間違いなく赤川氏の代名詞ともいえる「ユーモアミステリー」であるのだが、一方で、近年人気となっている「バディミステリー」としても楽しめるのが特長だ。

「バディミステリー」とは、対照的な性格の2人が友情を軸にして困難に立ち向かっていくプロセスを描いた作品のこと。

本作では、できる限り苦労せずに生きていきたい（そのためには女性も利用する）

遊び人の信一と、学生時代から目立たぬ存在で真面目さだけが取り柄の忠男という「でこぼこコンビ」が、協力しながら事件解明に奔走する。まさに、バディものなのである。

「モテ男の信一と冴《さ》えない忠男がなぜ親友なのだろう?」と不思議に思う人もいるかもしれない。だが、現実世界でも真逆の性格なのになぜか馬が合う人がいるのはよくあることだし、読み進めるうちに、彼らが異なる性格だからこそ面白いケミストリーが生まれ、物語に引き込まれていることを実感するはずだ。

(なお余談ではあるが、単行本版あとがきにおいて赤川氏は現実世界にも「主役」と「わき役」がいて、自分自身は「わき役」だったと書いている。さらに、「わき役」だったからこそ小説を書き続けてこられた……といった記述がある。短いなかにも赤川氏の小説家としての矜持《きょうじ》が詰まっていて、けだし名文だと思う)

赤川作品においては、元気いっぱいで気の強いしっかり者の女性が主人公であることが多い。だからこそ、この少し頼りなく、でもなぜか憎めないチャーミングな男性コンビが事件を解き明かしていく本作は貴重であり、往年の赤川ファンにとっても新鮮に読める作品なのではないだろうか。

また、前述した「バディミステリー」が好きな若い読者にとっても、読み応《ごた》えのある1冊といえるだろう。

最後に、本作が書かれた当時の時代背景についても少し触れておきたい。

本作は1980年10月に集英社コバルト文庫より刊行された後、1996年3月に集英社から刊行された単行本を文庫化したものである。

1980年といえば、1976年にデビューした赤川氏にとって小説家5年目となる年であり、年齢は32歳だった。

当時すでに「三毛猫ホームズ」シリーズや『セーラー服と機関銃』などを発表し、ベストセラー作家の一員となっていた赤川氏には、執筆の依頼が殺到しており、1980年に上梓《じょうし》した著作は本作を含めてなんと18冊。とても信じられない冊数だ。うち、『悪妻に捧げるレクイエム』で第7回角川小説賞を受賞し、『上役のいない月曜日』が第83回直木賞候補になるなど、まさに乗りに乗っていた時期である。

ここで改めて、本作の冒頭の部分を引用してみよう。

その車は、大邸宅を取り囲む高い塀の外に止まっていた。

赤――燃えるような色のスポーツカー。ポルシェ928だ。夜の暗がりの中でも、その美しい車体は浮き立って見える。

この「赤いポルシェ」という響きから、山口百恵《やまぐちももえ》さんが歌った「プレイバックPart2」を思い浮かべた人は筆者だけではないと思う。

この楽曲は1978年5月にリリースされており、また山口百恵さんは1980年10月に伝説のさよならコンサートをもって引退している。

もしかしたらこの楽曲や、山口百恵さんという伝説的歌手の存在が、本作のキャラクター作りに少なからず影響を与えたのではないか——。

勝手な想像ではあるが、そんなことを楽しく考えた。

このような時代に書かれた作品ではあるが、他の赤川作品と同様、詳細な時代設定はなく、また流行語なども使用されていない。そのため、古びることのない普遍的な物語として楽しめることを付け加えておきたい。

本書は、一九八〇年十月に集英社コバルト文庫より刊行された後、一九九六年三月に同社より刊行された単行本を文庫化したものです。

# ふたりの恋人《こいびと》

赤川次郎《あかがわじろう》

令和6年 12月25日　初版発行

発行者●山下直久

発行●株式会社KADOKAWA
〒102-8177　東京都千代田区富士見2-13-3
電話　0570-002-301（ナビダイヤル）

角川文庫 24453

印刷所●株式会社暁印刷
製本所●本間製本株式会社

表紙画●和田三造



●お問い合わせ
https://www.kadokawa.co.jp/（「お問い合わせ」へお進みください）
※内容によっては、お答えできない場合があります。
※サポートは日本国内のみとさせていただきます。
※Japanese text only


ISBN 978-4-04-115025-2　C0193

◇◇◇

# 角川文庫発刊に際して

角川源義

第二次世界大戦の敗北は、軍事力の敗北であった以上に、私たちの若い文化力の敗退であった。私たちの文化が戦争に対して如何に無力であり、単なるあだ花に過ぎなかったかを、私たちは身を以て体験し痛感した。西洋近代文化の摂取にとって、明治以後八十年の歳月は決して短かすぎたとは言えない。にもかかわらず、近代文化の伝統を確立し、自由な批判と柔軟な良識に富む文化層として自らを形成することに私たちは失敗して来た。そしてこれは、各層への文化の普及滲透を任務とする出版人の責任でもあった。

一九四五年以来、私たちは再び振出しに戻り、第一歩から踏み出すことを余儀なくされた。これは大きな不幸ではあるが、反面、これまでの混沌・未熟・歪曲の中にあった我が国の文化に秩序と確たる基礎を齎らすためには絶好の機会でもある。角川書店は、このような祖国の文化的危機にあたり、微力をも顧みず再建の礎石たるべき抱負と決意とをもって出発したが、ここに創立以来の念願を果すべく角川文庫を発刊する。これまで刊行されたあらゆる全集叢書文庫類の長所と短所とを検討し、古今東西の不朽の典籍を、良心的編集のもとに、廉価に、そして書架にふさわしい美本として、多くのひとびとに提供しようとする。しかし私たちは徒らに百科全書的な知識のジレッタントを作ることを目的とせず、あくまで祖国の文化に秩序と再建への道を示し、この文庫を角川書店の栄ある事業として、今後永久に継続発展せしめ、学芸と教養との殿堂として大成せんことを期したい。多くの読書子の愛情ある忠言と支持とによって、この希望と抱負とを完遂せしめられんことを願う。

一九四九年五月三日

# 角川文庫ベストセラー

## 恐怖の報酬　赤川次郎

大切な来客の駐車場を予約しそこなった昭子が焦っていると、運良くキャンセルが出て事なきを得た。しかしその空きは交通事故によるもので……ささいな出来事をきっかけに、ぞっとするような世界へ誘う4編。

## 夜　赤川次郎

突如、新興住宅地を襲った大地震。道路が遮断され完全に孤立する15軒の家々。閉鎖された極限状態の中、人々の精神は崩壊しはじめ……恐怖、混乱、そして死。サスペンス色豊かな究極のパニック小説。

## 今日の別れに　赤川次郎

男と女のあわい恋心が、やがて大きなうねりとなって、静かな狂気へと変貌していく。過去の記憶の封印が、いま解かれる——。ファンタジックホラーの金字塔、待望の新装版。

## 黒い森の記憶　赤川次郎

森の奥に1人で暮らす老人のもとへ、連続少女暴行殺人事件の容疑者として追われている男が転がり込んでくる。人嫌いのはずの老人はなぜか彼を匿うことにして……。

## スパイ失業　赤川次郎

アラフォー主婦のユリは東ヨーロッパの小国のスパイをしていたが、財政破綻で祖国が消滅してしまった。入院中の夫と中1の娘のために表の仕事だった通訳に専念しようと決めるが、身の危険が迫っていて……。

# 角川文庫ベストセラー

ひとり暮し　赤川次郎

大学入学と同時にひとり暮しを始めた依子。しかし、彼女を待ち受けていたのは、複雑な事情を抱えた隣人たちだった⁉　予想もつかない事件に次々と巻き込まれていく、ユーモア青春ミステリ。

目ざめれば、真夜中　赤川次郎

ひとり残業していた真美のもとに、刑事が訪ねてきた。ビルに立てこもった殺人犯が、真美でなければ応じないと言っている――。様々な人間関係の綾が織りなすサスペンス・ミステリ。

台風の目の少女たち　赤川次郎

女子高生の安奈が、台風の接近で避難した先で巻き込まれたのは……駆け落ちを計画している母や、美女と帰郷して来る遠距離恋愛中の彼、さらには殺人事件まで！　少女たちの一夜を描く、サスペンスミステリ。

過去から来た女　赤川次郎

19歳で家出した名家の一人娘・文江。7年ぶりに帰郷すると、彼女は殺されたことになっていた⁉　更に原因不明の火事、駅長の死など次々に不審な事件が発生、文江にも危険が迫る。傑作ユーモアミステリ。

殺し屋志願　赤川次郎

朝の満員電車で男が何者かに殺害された。偶然彼の死をみとった17歳のみゆきは、その日を境に奇妙な出来事に巻き込まれていく。さらに謎の少女・佐知子が現れて……少女たちの秘密を描く長編ミステリ。

# 角川文庫ベストセラー

三毛猫ホームズの危険な火遊び　赤川次郎

逮捕された兄の弁護士費用を義理の父に出させるため、美咲は偽装誘拐を計画する。しかし誘拐犯役の中田が連れ去ったのは、美咲ではなく国会議員の愛人だった！　事情を聞いた彼女は二人に協力するが……。

三毛猫ホームズの暗黒迷路　赤川次郎

ゴーストタウンに潜んでいる殺人犯の金山を追跡中、笹井は誤って同僚を撃ってしまう。その現場を金山に目撃され、逃亡の手助けを約束させられる。片山兄妹がホームズと共に大活躍する人気シリーズ第43弾！

三毛猫ホームズの茶話会　赤川次郎

BSグループ会長の遺言で、新会長の座に就いたのは25歳の川本咲帆。しかし、帰国した咲帆が空港で何者かに襲われた。大企業に潜む闇に、片山刑事たちと三毛猫ホームズが迫る。人気シリーズ第44弾。

三毛猫ホームズの十字路　赤川次郎

友人の別れ話に立ち会った晴美。別れを切り出された男は友人の自宅に爆発物を仕掛け、巻き添えをくった晴美は目が見えなくなってしまう。兄の片山刑事は、姿を消した犯人を追うが……人気シリーズ第45弾。

三毛猫ホームズの用心棒　赤川次郎

深夜帰宅中、変質者に襲われた英子は見知らぬ男に助けられる。以降、英子を困らせる人物が次々に危険な目に合い始め、ついには殺人事件まで発生して……謎の「用心棒」の正体は？　大人気シリーズ第46弾。

# 角川文庫ベストセラー

花嫁シリーズ㉗
## 花嫁は墓地に住む
赤川次郎

女子大生・塚川亜由美と親友の聡子は、温泉宿で聡子の親戚である朱美と遭遇した。彼女は、不倫相手の河本と旅館で落ち合う予定だった。しかし、そこへ朱美の母や河本の妻までやって来て一波瀾！

花嫁シリーズ㉘
## 四次元の花嫁
赤川次郎

塚川亜由美が親友とブライダルフェアへ行ったところ、そこには新郎だけが結婚式の打合せに来ていた。何か訳アリのようで……⁉ 一方で、モデル事務所の社長が電話で話している相手が亡くなった妻のようで……？

花嫁シリーズ㉙
## 演じられた花嫁
赤川次郎

親友と舞台鑑賞中の女子大生・塚川亜由美。カーテンコールで主演俳優がヒロインにプロポーズし会場は沸き立つが、ただ一人冷たい視線を送る女がいて——？ 表題作と「花嫁は時を旅する」の計2編を収録。

花嫁シリーズ㉚
## 綱わたりの花嫁
赤川次郎

大企業の社長令嬢の結婚披露宴に男3人が乱入、花嫁を誘拐。しかし攫われたのはアルバイトで花嫁のふりをしていた全くの別人だった。塚川亜由美は被害者を助け出すべく愛犬ドン・ファンと共に事件を追う！

花嫁シリーズ㉛
## 花嫁をガードせよ！
赤川次郎

国会議員の男が何者かに銃撃された。犯人は逮捕されたが、その場に居合わせた女性警官が議員をかばい重傷を負うことに。さらに犯人が取調べ中に自殺してしまう。混迷する事件の真相とは。シリーズ第31弾！